AF564433

Surya Upasana

सूर्य उपासना

Surya Upasana

सूर्य उपासना

Published in Sanskriti Press
by Rupa Publications India Pvt. Ltd 2026
161-B/4, Gulmohar House,
Yusuf Sarai Community Centre,
New Delhi 110049

Sales centres:
Bengaluru Chennai
Hyderabad Kolkata Mumbai

P-ISBN: 978-93-5352-159-2
E-ISBN: 978-93-5352-485-2

First impression 2026

10 9 8 7 6 5 4 3 2 1

Printed in India

Contents

भूमिका

भारतीय आध्यात्मिक परंपरा में सूर्यदेव को परम शक्ति, चैतन्य और जीवन का स्रोत कहा गया है। सूर्य का तेज केवल प्रकाश नहीं, बल्कि वह वहन करता है—ऊर्जा, दिशा, संतुलन, जागरण और निर्मलता। सूर्य प्रत्यक्ष देव हैं—अर्थात् वे देवता जिन्हें न तो कल्पना में, न प्रतीक में, बल्कि प्रत्यक्ष दृश्य रूप में देखा जा सकता है। इसी प्रत्यक्षता ने सूर्योपासना को केवल भावात्मक उपासना से आगे बढ़ाकर अनुभूतिमय साधना का स्वरूप दिया है। ऋग्वेद की वाणी उद्घोष करती है—"सूर्य आत्मा जगतस्तस्थुषश्च"—अर्थात् संपूर्ण विश्व और उसमें स्थित सभी जीवों का मूल आत्मस्वरूप सूर्य ही हैं। इस दृष्टि से सूर्य केवल बाहर नहीं, हमारे भीतर भी विद्यमान हैं—प्राण के रूप में, चेतना के रूप में, और आत्मतेज के रूप में।

हमारे शास्त्र इस बात पर बल देते हैं कि धर्म केवल आचरण या कर्मकांड नहीं है। धर्म वह जीवनशक्ति है जो मनुष्य को संबल, संतुलन, शांति और सामर्थ्य प्रदान करती है। धर्म ही रोगों का नाश करता है, अशुभ ग्रहों के प्रभाव को मिटाता है, मन के भय और संदेहों को दूर करता है और साधक को सफलता तथा विजय के पथ पर अग्रसर करता है। यह धर्म जब उपासना और साधना द्वारा जागृत होता है, तब व्यक्ति न केवल बाहरी संघर्षों में सफल होता है, बल्कि अपने आंतरिक संघर्षों—जैसे संशय, आलस्य, विकार और अस्थिरता—पर भी पूर्ण विजय प्राप्त करता है। सूर्योपासना इसी आंतरिक विजय का मार्ग है।

रामायण में लंका युद्ध के समय श्रीराम को सूर्योपासना की दीक्षा देना केवल एक रणनीतिक उपाय नहीं था, बल्कि यह ब्रह्मविद्या थी—मन, प्राण और चित्त को पूरी तरह एकाग्र कर देने वाली आंतरिक जागृति प्रक्रिया। जिसने एक योद्धा को महापुरुष, और महापुरुष को भगवान के स्वरूप में प्रतिष्ठित किया। इसी प्रकार हनुमान जी ने सूर्यदेव को गुरु रूप में स्वीकार कर न केवल बल, साहस, बुद्धि और स्मरणशक्ति प्राप्त की, बल्कि आत्मानुभूति की वह पराकाष्ठा पाई, जिसने उन्हें "ज्ञान और शक्ति के निधान" का स्वरूप दिया।

महाभारत में कर्ण का दिव्य कवच-कुण्डल सूर्योपासना का प्रतीक है—अर्थात् सूर्य की कृपा साधक को वह अदृश्य परंतु अजेय सुरक्षा प्रदान करती है, जो बाहरी आक्रमणों को निष्फल बना देती है। पांडवों को वनवास में प्राप्त अक्षय पात्र यह प्रमाण है कि सूर्य साधक को केवल आध्यात्मिक ही नहीं, व्यावहारिक और लौकिक समृद्धि भी प्रदान करते हैं। स्यमन्तक मणि की कथा बताती है कि सूर्योपासना साधक के जीवन में समृद्धि, स्पष्टता, सौभाग्य और अपराजेयता का आविर्भाव करती है।

ज्योतिष शास्त्र में सूर्य को ग्रहों का राजा माना गया है। वे पिता के रूप में कर्तव्य, आत्मविश्वास और नेतृत्व के सूचक हैं। वे आत्मा के रूप में चेतना, दृढ़ निश्चय, और सत्य की ओर चलने की क्षमता का स्रोत हैं। जब सूर्य शुभ होते हैं, तो व्यक्ति का व्यक्तित्व प्रभावशाली होता है, निर्णय स्पष्ट होते हैं और जीवन में दिशाबोध रहता है। जब सूर्य अशुभ या दुर्बल होते हैं, तब व्यक्ति भीतर से हीन, अस्थिर और संकोची होने लगता है। इसलिए सूर्योपासना केवल बाहरी अनुष्ठान नहीं, बल्कि व्यक्तित्व विकास का पूर्ण आध्यात्मिक विज्ञान है।

प्राचीन भारत में ब्रह्ममुहूर्त में स्नान, प्राणायाम, सूर्यनमस्कार और सूर्य को अर्घ्य देना केवल धार्मिक आदत नहीं था; यह शरीर, मन और प्राण—इन तीनों को एक ही क्रम में संयोजित करने की वैज्ञानिक प्रक्रिया थी। सूर्य की प्रथम किरण शरीर की कोशिकाओं में जीवन ऊर्जा को सक्रिय करती है, श्वास को संतुलित करती है और चित्त को निर्मल करती है। साधक के भीतर धीरे-धीरे ऐसा तेज उत्पन्न होता है, जो बोलचाल में नहीं, बल्कि उपस्थिति में दिखाई देता है।

जब साधक उगते हुए सूर्य की ओर जल अर्पित करता है, तब वह केवल सूर्य को नमन नहीं करता, बल्कि अपनी चेतना को उस दिव्य ज्योति से जोड़ता है। वह भीतर के अंधकार—भय, संदेह, आलस्य, भ्रम—को सूर्य की किरणों में समर्पित करता है। इसी समर्पण में रूपांतरण है। सूर्योपासना साधक को यह सिखाती है कि प्रकाश बाह्य नहीं, भीतर से उदित होता है।

और सूर्य साधना का वास्तविक सार यही है—

अपने भीतर स्थित तेज को पहचानना, उसे जागृत करना, संवर्धित करना, और उसे जीवन के हर कर्म, हर संबंध और हर विचार में प्रतिष्ठित कर देना।

यह पुस्तक उसी दिव्य परंपरा का सरल, स्पष्ट, और अनुभवसिद्ध परिचय है—ताकि साधना केवल शास्त्र में न रहे, जीवन में उतर आए। ताकि सूर्य केवल आकाश में न चमके—अंतःकरण में भी प्रकाशित हो।

Preface

In the ancient spiritual tradition of Bharat, Surya—the Sun—has always been regarded as the supreme and most revered source of existence. The Sun is not merely a celestial body that illuminates the sky; rather, He is the fountainhead of all life-energy, consciousness, vitality, and movement in the cosmos. The Vedas refer to Surya as the "Pratyaksha Devata"—the deity who can be directly seen, experienced, and worshipped without any intermediary. The Rigveda declares, "Surya Atma Jagatas Tasthushashcha," meaning Surya is the very soul of everything animate and inanimate in the universe. Thus, Surya is not only present outside us as light, but also within us as prana, awareness, and inner radiance.

Our scriptures affirm that dharma is not merely ritualistic conduct; it is the vital force that grants stability, clarity, peace, and strength to human life. It is dharma that destroys diseases, neutralizes harmful planetary influences, removes inner obstacles, and guides a person toward success and victory. Yet, this dharma is awakened not by outer action alone, but through inner illumination. Surya-upasana—worship of the Sun—is the practice through which this inner illumination, or atma-tejas,

awakens. When a seeker invites the radiance of Surya into his life, his mind becomes clear, his actions become disciplined, and his body is infused with balanced life-force.

The Ramayana describes how, during the war in Lanka, when facing the formidable Ravana, Lord Rama received the initiation of the Aditya Hridaya Stotra from Sage Agastya. This was not only a strategic instruction but a profound inner awakening—one that filled Sri Rama with courage, composure, and unshakeable resolve. Likewise, Hanuman approached Surya as his Guru and received from Him the supreme mastery over knowledge, memory, intellect, and eloquence—thus becoming the very embodiment of strength and wisdom.

In the Mahabharata, Karna's divine armor and earrings were symbols of Surya's grace—an invisible yet invincible protection bestowed upon a sincere devotee. When the Pandavas lived in exile, they received the Akshaya Patra, the vessel of inexhaustible nourishment, through the blessings of Surya. The story of the Syamantaka gem further illustrates how Surya-upasana bestows prosperity, clarity, good fortune, and unconquerable strength to those who engage in it with devotion and purity.

In Vedic astrology, Surya is regarded as the King among planets. He symbolizes fatherhood, authority, self-confidence, leadership, vitality, and the shining dignity of one's individuality. When Surya is strong in a person's life, clarity, courage, decisiveness, and brilliance naturally arise. When Surya is weakened or afflicted, doubt, confusion, fear, and timidity take hold. Therefore, Surya-upasana is not merely a religious practice—it is a complete spiritual science of personality formation and inner empowerment.

For this reason, in ancient India, bathing at dawn, practicing pranayama, performing Surya-Namaskar, and offering arghya to the rising Sun were not simply rituals but carefully preserved methods for harmonizing body, breath, and mind. The first rays of the morning Sun awaken cellular vitality, stabilize the breath, and purify the mind. Gradually, the seeker develops a radiance that is not spoken—but felt.

When one offers water to the rising Sun, it is not merely an act of homage. It is a conscious uniting of one's inner awareness with the cosmic light. In that moment, the seeker offers the shadows within—fear, doubt, lethargy, confusion—into the vastness of Surya's radiance. This offering becomes transformation. Surya-upasana teaches that true illumination does not come from outside; it rises from within.

And this is the essence of Surya-Sadhana:

To recognize the divine radiance within, To awaken it, To nurture it, And to establish it in every action, every thought, and every relationship of life.

This book is a humble doorway to that ancient, luminous tradition—presented in a clear, experiential, and practical manner—so that Surya-Sadhana may not remain merely a scriptural concept, but become a living, breathing, transforming force within the seeker's life. So that Surya may shine not only in the sky— but in the heart.

सूर्य मंत्र
Surya Mantra

सूर्यदेव मूल मन्त्र Surya Moola Mantra

ॐ घृणिसूर्याय नमः।

Om Ghrini Suryaya Namah।

सूर्य बीज मन्त्र Surya Beeja Mantra

ॐ ह्रां ह्रीं ह्रौं सः सूर्याय नमः।

Om Hram Hreem Hraum Sah Suryaya Namah।

सूर्य गायत्री मन्त्र Surya Gayatri Mantra

ॐ आदित्याय विद्महे प्रभाकराय धीमहि तन्नः सूर्यः प्रचोदयात्॥

Om Adityaya Vidmahe Prabhakaraya Dhimahi
Tannah Suryah Prachodayat॥

सूर्य आरोग्य मन्त्र Surya Arogya Mantra

ॐ नमः सूर्याय शान्ताय सर्वरोगनिवारिणे।
आयुरारोग्यमैश्वर्यं देहि देव जगत्पते॥

Om Namah Suryaya Shantaya Sarvaroga Nivarine।
Ayurarogyam Aisvairyam Dehi Deva Jagatpate॥

श्री सूर्यनारायण मन्त्र Shri Surya Narayana Mantra

ॐ सूर्यनारायणायः नमः।

Om Surya Narayanayah Namah।

सूर्य प्रणाम मन्त्र Surya Pranam Mantra

ॐ जपाकुसुमसङ्काशं काश्यपेयं महद्युतिम्।
तमोऽरिं सर्वपापघ्नं प्रणतोऽस्मि दिवाकरम्॥

Om Japakusumasankasham Kashyapeyam Mahadyutim
Tamoarim Sarvapapaghnam Pranatoasmi Divakaram॥

सूर्य प्रातः स्मरण श्लोक Surya Pratah Smarana Shloka

प्रातः स्मरामि खलु तत्सवितुर्वरेण्यं
रूपं हि मण्डलमृचोऽथ तनुर्यजूंषि।
सामानि यस्य किरणाः प्रभवादिहेतुं
ब्रह्माहरात्मकमलक्ष्यमचिन्त्यरूपम्॥

Pratah Smarami Khalu Tatsaviturvarenyam
Rupam Hi Mandalanrichoatha Tanuryajunshi।
Samani Yasya Kiranah Prabhavadihetum
Brahmaharatma Kamalakshyama Chintyarupam॥

सूर्य एकाक्षरी मन्त्र Surya Ekakshari Mantra

ह्रां॥

Hram॥

सूर्य पञ्चाक्षर मन्त्र Surya Panchakshara Mantra

ॐ सूर्याय नमः।

Om Suryaya Namah।

❋

सूर्य शत्रुनाशक मन्त्र Surya Shatru Nashaka Mantra

उदसौ सूर्यो अगादुदिदं मामकं वचः।
यथाहं शत्रुहोऽसान्यसपत्नः सपत्नहा॥
सपत्नक्षयणो वृषाभिराष्ट्रो विष सहिः।
यथाहभेषां वीराणां विराजानि जनस्य च॥

Udasau Suryo Agadudidam Mamakam Vachah।
Yathaham Shatruhoasanyasapatnah Sapatnaha॥
Sapatnakshayano Vrishabhirashtro Visha Sahih।
Yathahabhesham Viranam Virajani Janasya Cha॥

❋

सूर्य कामनापूर्ति मन्त्र Surya Kamanapurti Mantra

ॐ ह्रीं ह्रीं सूर्याय सहस्रकिरणराय
मनोवांछित फलम् देहि देहि स्वाहा॥

Om Hrim Hrim Suryaya Sahasrakiranaraya
Manovanchhita Phalam Dehi Dehi Swaha॥

❋

सूर्य नमस्कार मन्त्र (Surya Namaskar Mantra)

ॐ मित्राय नमः।

Om Mitraya Namah।

ॐ रवये नमः।

Om Ravaye Namah।

ॐ सूर्याय नमः।

Om Suryaya Namah।

ॐ भानवे नमः।

Om Bhanave Namah।

ॐ खगाय नमः।

Om Khagaya Namah।

ॐ पूष्णे नमः।

Om Pushne Namah।

ॐ हिरण्यगर्भाय नमः।

Om Hiranyagarbhaya Namah।

ॐ मरीचये नमः।

Om Marichaye Namah।

ॐ आदित्याय नमः।

Om Adityaya NamahI

ॐ सवित्रे नमः।

Om Savitre NamahI

ॐ अर्काय नमः।

Om Arkaya NamahI

ॐ भास्कराय नमः।

Om Bhaskaraya NamahI

ॐ सवितृसूर्यनारायणाय नमः।

Om Savitrisuryanarayanaya NamahI

श्री सूर्य चालीसा
Sri Surya Chalisa

सूर्य चालीसा हिन्दू भक्ति परंपरा का एक सशक्त स्तोत्र है, जिसमें चालीस चौपाइयों के माध्यम से सूर्य देव के तेज, कृपा और कल्याणकारी स्वरूप की स्तुति की गई है। इसकी रचना के लेखक का निश्चित परिचय उपलब्ध नहीं है, परंतु यह स्पष्ट है कि यह किसी ऐसे साधक की हृदयप्रवाहित अनुभूति है, जिसने सूर्य को केवल आकाश में उदित होने वाले नक्षत्र के रूप में नहीं, बल्कि प्राण, चेतना और जीवन-ऊर्जा के मूल स्रोत के रूप में जाना और महसूस किया। भारतीय दर्शन में सूर्य को प्रकाश, जीवन और जागृति का प्रतीक माना गया है। सूर्य प्रतिदिन उगकर हमें यह संदेश देता है कि जीवन में हर अंधकार का अंत होता है और हर दिन एक नया आरंभ सम्भव है। सूर्य चालीसा यही स्मरण कराती है कि बाह्य सूर्य केवल संसार को प्रकाश देता है, जबकि उसकी उपासना साधक के भीतर स्थित शक्ति, साहस और आत्मविश्वास को जगाती है।

सूर्य चालीसा का पाठ साधक को आलस्य और निराशा से उठाकर सक्रियता और संकल्प की ओर ले जाता है। यह मन को स्पष्ट और शरीर को ऊर्जावान करता है। परंपरागत अनुभवों के अनुसार सूर्य चालीसा के नियमित जप से स्वभाव में दृढ़ता बढ़ती है, चेहरा तेजस्वी होता है, रक्त-संचार और पाचन में सुधार आता है तथा मानसिक स्थिरता विकसित होती है। चालीसा का पाठ प्रातःकाल सूर्य उदय के समय सबसे फलदायी माना गया है। पूर्व

दिशा की ओर मुख कर सूर्य को जल अर्पित करते हुए श्रद्धा और एकाग्रता के साथ इसका पाठ करने से मन, श्वास और चेतना एकसूत्र हो जाते हैं।

सूर्य चालीसा का सार यह है कि सूर्य का प्रकाश केवल बाहर नहीं, भीतर भी विद्यमान है। जब साधक सूर्य की स्तुति करता है, वह दरअसल अपने ही अंतर-स्थित तेज, जागरूकता और जीवन-शक्ति को पुकारता है। यह उपासना हमें बताती है कि वास्तविक प्रकाश वह है जो हमारे विचारों में स्पष्टता, कर्मों में उत्साह और जीवन में उद्देश्य भर दे। इस प्रकार सूर्य चालीसा केवल भक्ति का पाठ नहीं, बल्कि एक अंतर्यात्रा है—अंधकार से प्रकाश की ओर, जड़ता से जागृति की ओर, और संदेह से आत्म-विश्वास की ओर।

The Surya Chalisa is a powerful devotional hymn of forty verses composed in praise of Surya Deva, the Sun God, who is regarded as the source of life, vitality, and consciousness. The name of its author is not definitively known, yet the depth of devotion reflected in the text makes it evident that it was composed by a seeker who experienced the Sun not merely as a celestial body, but as the very essence of inner illumination and pranic energy. In Indian spiritual philosophy, Surya symbolizes clarity, awakening, and the constant renewal of life. With each sunrise, the Sun reminds us that no darkness is permanent and that every day holds the possibility of a new beginning. The Surya Chalisa reinforces this truth by guiding the aspirant to kindle not only the outer light, but also the inner radiance that lies dormant within.

Reciting the Surya Chalisa dispels lethargy, doubt, and sadness, encouraging the practitioner toward action, courage, and mental clarity. Traditionally, regular recitation is believed to enhance vitality, sharpen the intellect, improve blood circulation and digestion, and strengthen emotional resilience. The ideal time to chant it is at sunrise, facing the east, while offering Arghya (water) to the Sun. When the Chalisa is recited with concentration, reverence, and regulated breathing, the mind steadies, the senses align, and the inner awareness deepens naturally.

The central message of the Surya Chalisa is that the light we seek externally is already present within us. In invoking Surya, the devotee is in fact invoking one's own inner source of strength, clarity, and willpower. The hymn reminds us that true illumination is not merely physical brightness but the light that brings purpose to our actions, purity to our thoughts, and balance to our lives. Thus, the Surya Chalisa is not only an act of worship—it is a journey inward, from darkness to light, from inertia to awakened consciousness, and from uncertainty to unwavering self-confidence.

॥दोहा॥

कनक बदन कुण्डल मकर, मुक्ता माला अङ्ग,
पद्मासन स्थित ध्याइए, शंख चक्र के सङ्ग॥

Preliminary Prayer

kanaka badana kundala makara, mukta mala anga,
padmasana sthita dhyaie, shankha chakra ke sanga॥

हे भगवान सूर्य! आपका दिव्य स्वरूप स्वर्ण के समान तेजस्वी है। आपके कान मकराकृति कुण्डलों से सुशोभित हैं। आपके गले में मनोहर मणियों की माला है। आप कमलासन पर विराजमान हैं और आपके दिव्य हाथों में शंख और चक्र की शोभा है।

Lord Sri Surya! Your body is golden; your ears are adorned with ornaments of Capricorn (crocodile sign), you wear the beaded embellishment around your neck; With the lotus as your seat, you are decorated with shanka (the holy conch) and chakra (the sacred wheel) on your hands.

जय सविता जय जयति दिवाकर! ।
सहस्त्रांशु! सप्ताश्व तिमिरहर॥
भानु! पतंग! मरीची! भास्कर! ।
सविता हंस! सुनूर विभाकर॥

jaya savita jaya jayati divakara! ।
sahastranshu! saptashva timirahara ॥
bhanu! patanga! marichi! bhaskara! ।
savita hansa! sunura vibhakara ॥

हे भगवान सूर्य! आपकी जय हो, आपके तेज की जय हो! आप सहस्त्र किरणों से प्रकाशित हैं। आप सात अश्वों वाले दिव्य रथ पर विहार करते हैं। आप सम्पूर्ण अन्धकार को नष्ट करने वाले, परम तेजस्वी, जगत के स्वामी और आलोक स्वरूप हैं। जैसे हंस दूध से अमृत तत्त्व को अलग कर लेता है, वैसे ही आप स्वर्णिम ऊर्जा से जीवन को प्रकाशित करते हैं।

Lord Sri Surya! Triumph to you! You are the blessed one! Triumph to you, the god of light! You have a thousand rays! You ride on seven horses! You remove the darkness! You are the king! You are God! You are the ray of light! You are the brightness! Similar to a swan separating milk, you take out the golden radiance and shower on us.

विवस्वान! आदित्य! विकर्तन ।
मार्तण्ड हरिरूप विरोचन ॥
अम्बरमणि! खग! रवि कहलाते ।
वेद हिरण्यगर्भ कह गाते ॥

vivasvana! aditya! vikartana ।
martanda harirupa virochana ॥
ambaramani! khaga! ravi kahalate ।
veda hiranyagarbha kaha gate ॥

हे सूर्यदेव! आप आदित्य हैं, आदिदेव हैं, विश्व के प्रकाश का मूल स्रोत हैं। आप अव्याक्त से प्रकट हुए हैं और नारायण स्वरूप के समान दिव्य दीप्ति से युक्त हैं। आकाश में आप मानो चमकता हुआ अमूल्य रत्न हैं। आपको रवि और भानु नामों से भी पुकारा जाता है।

Lord Sri Surya! You are the Sun God! You are the primary one! You are the disperser of the rays! You have sprung from the void! You have the appearance of Sri Narayana! You are the shining one! You are a jewel in the sky! You are the sun! You are called as Ravi (who roars)! You are praised as the one with the golden visible source of the universe!

सहस्त्रांशु प्रद्योतन, कहिकहि ।
मुनिगन होत प्रसन्न मोदलहि ॥
अरुण सदृश सारथी मनोहर ।
हांकत हय साता चढ़ि रथ पर ॥

sahastranshu pradyotana, kahikahi ।
munigana hota prasanna modalahi ॥
aruna sadrisha sarathi manohara ।
hankata haya sata chati ratha para ॥

हे सूर्यदेव! आपकी सहस्त्र किरणें आकाश को लालिमा से भर देती हैं। मुनि और योगीजन आपके उदय के दर्शन से हर्षित हो उठते हैं। आपके उदित होने का लाल प्रभामंडल अत्यंत मोहक है। आपका रथ सात अश्वों द्वारा आकाश में निरंतर गतिमान है।

Lord Sri Surya! You have a thousand bright rays! You look crimson in the sky! The sages and their groups are glad to see you. Your initiation (rising) similar to the crimson ball is very appealing. You are very alert, and your chariot is climbing in the sky with seven horses.

✹

मंडल की महिमा अति न्यारी।
तेज रूप केरी बलिहारी॥
उच्चैःश्रवा सदृश हय जोते।
देखि पुरन्दर लज्जित होते॥

mandala ki mahima ati nyari ।
teja rupa keri balihari ॥
uchchaih-shrava sadrisha haya jote ।
dekhi purandara lajjita hote ॥

हे सूर्यदेव! आपका मंडल विश्व-पूज्य और अतुलनीय तेज से युक्त है। आपकी प्रकाशमय आभा समस्त जीवों को आलोकित करती है। आपके रथ का अश्व 'श्रवा' अत्यंत तीव्रगामी है। आपके तेज के समक्ष देवराज इन्द्र तक भी निरूत्तर हो जाते हैं। आप बन्धनों का निवारण करने वाले हैं।

Lord Sri Surya! Your group (Surya Mandal – galaxy) has the glory which is appreciated by all. Your shining and glittering form consumes us. On your Chariot, the horse Shrava is placed higher [Shrava is a white horse with wings, and this horse was earlier had by Indra], and it runs faster; Indra felt ashamed at seeing your radiance, you are the alleviator of ties.

✹

मित्र मरीचि भानु अरुण भास्कर।
सविता सूर्य अर्क खग कलिकर॥
पूषा रवि आदित्य नाम लै।
हिरण्यगर्भाय नमः कहिकै॥

mitra marichi bhanu aruna bhaskara ।
savita surya arka khaga kalikara ॥
pusha ravi aditya nama lai ।
hiranyagarbhaya namah kahikai ॥

हे सूर्यदेव! आप जगत के हितैषी, प्रकाश-स्वरूप और उदयकर्ता हैं। आपकी लालिमा मन को हर्षित करती है। आप पूषा हैं, रश्मियों से पोषण करने वाले; आप रवि हैं, प्रभा से भरने वाले; और आप आदित्य हैं, आदिति के पुत्र। आपके सुवर्णमय स्वरूप को हम नमस्कार करते हैं।

Lord Sri Surya! You are a friend! You are the ray of light! You are the brightness! You are crimson! You are glittering and making light! You are the blessed one! You are Surya, the sun! You are the sunbeam! You move in the sky! You remove the darkness! Pusha (the one who rises and increases), Ravi and Aditya (Son of Aditi) are your other names. We say that you have a golden physical form and we salute you.

❁

द्वादस नाम प्रेम सों गावैं ।
मस्तक बारह बार नवावैं ॥
चार पदारथ जन सो पावै ।
दुःख दारिद्र अघ पुंज नसावै ॥

dvadasa nama prema som gavaim ।
mastaka baraha bara navavaim ॥
chara padaratha jana so pavai ।
duhkha daridra agha punja nasavai ॥

हे सूर्यदेव! देवराज इन्द्र आपको मित्र, रवि, सूर्य, भानु, खग, पूषा, हिरण्यगर्भ, मरीचि, आदित्य, सविता, अर्क और भास्कर—इन बारह नामों से पूजते हैं। आप वर्ष के बारह महीनों के अधिपति हैं। आप बल, तेज, कर्मशक्ति और मुक्ति प्रदान करते हैं तथा दुख और दरिद्रता को दूर करते हैं।

Lord Sri Surya! Indra (moon) lovingly worships you with twelve names such as (1) Mithra (friend), (2) Ravi (who roars), (3) Surya (brilliant), (4) Bhanu (bright), (5) Khaga (moving in the sky), (6) Pushan (nourisher of all), (7) Hiranya Garbha (golden source), (8) Maricha (dawn), (9) Adityaya (son of Aditi), (10) Savitri (the riser), (11) Arka (praiseworthy) and (12) Bhaskara (enlightening)} ; You are the head of all the twelve months. You grant four things such as strength, energy, hard work and salvation and you rightly destroy sadness and poverty through your beams.

❁

✹

नमस्कार को चमत्कार यह ।
विधि हरिहर को कृपासार यह ॥
सेवै भानु तुमहिं मन लाई ।
अष्टसिद्धि नवनिधि तेहिं पाई ॥

namaskara ko chamatkara yaha ।
vidhi harihara ko kripasara yaha ॥
sevai bhanu tumahim mana lai ।
ashtasiddhi navanidhi tehim pai ॥

हे सूर्यदेव! आपकी विनम्र भक्ति जीवन में चमत्कार उत्पन्न करती है। हरी (विष्णु) और हर (शिव) दोनों के सम्मिलित तेज रूप में, आप भाग्यजन्य दुःखों को दूर करते हैं। आप अष्ट सिद्धियाँ और नव निधान प्रदान करते हैं, जिससे साधक सिद्धि, समृद्धि और दिव्यता प्राप्त करता है।

Lord Sri Surya! The humble salutations to you bring miracles to the lives! As the amalgam of Hari (Sri Mahavishnu) and Hara (Sri Shiva), you cure the terrible effects of destiny. You provide service through your rays and brightness! You grant us eight siddhis (Eight yogic attributes such as (1) Anima – reducing the body size to that of an atom, (2) Mahima – enlarging the body size to infinity, (3) Garima – making the body heavy (4) Laghima – making the body light, (5) Prapti – being anywhere at will, (6) Prakyama – realizing one's desires, (7) Isitva – supremacy over nature and (8) Vasitva – control of natural forces) and Nava nidhies (Nine types of wealth symbolized as (1) Mahapadma – great lotus, (2) Padma – regular lotus, (3) Shankha – conch, (4) Makara – crocodile, (5) Kachchapa – tortoise, (6) Kumud – precious stone, (7) Kunda – jasmine, (8) Nila – sapphire and (9) Kharva – dwarf).

बारह नाम उच्चारन करते ।
सहस जनम के पातक टरते ॥
उपाख्यान जो करते तवजन ।
रिपु सों जमलहते सोतेहि छन ॥

baraha nama uchcharana karate ।
sahasa janama ke pataka tarate ॥
upakhyana jo karate tavajana ।
ripu som jamalahate sotehi chhana ॥

हे सूर्यदेव! जो भक्त आपके इन बारह पवित्र नामों का स्मरण करता है, वह पापजन्य कष्टों से मुक्त हो जाता है। आपके नामों के जप से वर्षा होती है, जीवन में उन्नति आती है, और जमी हुई अशुभता पिघल जाती है।

Lord Sri Surya! The persons who chant your twelve names (1) Om Mithraya Namaha(friend), (2) Om Ravaye Namaha (who roars), (3) Om Suryaya Namaha (brilliant), (4) Om Bhanave Namaha (bright), (5) Om Khagaya Namaha (moving in the sky), (6) Om Pushne Namaha (nourisher of all), (7) Om Hiranya Garbhaya Namaha (golden source), (8) Om Marichaye Namaha (dawn), (9) Om Adityaya Namaha (son of Aditi), (10) Om Savitre Namaha (the riser), (11) Om Arkaya Namaha (praiseworthy) and (12)

Om Bhaskaraya Namaha (enlightening), shall be relieved of all their misfortunes which arose due to their misdeeds in their life. Chanting of your names brings thunder and rains! You are the enemy of the frozen water bodies and make them melt.

धन सुत जुत परिवार बढ़तु है ।
प्रबल मोह को फंद कटतु है ॥
अर्क शीश को रक्षा करते ।
रवि ललाट पर नित्य बिहरते ॥

dhana suta juta parivara badhatu hai ।
prabala moha ko phanda katatu hai ॥
arka shisha ko raksha karate ।
ravi lalata para nitya biharate ॥

हे सूर्यदेव! आपके नामों का जप परिवार, संतान और समस्त जीवन में समृद्धि लाता है। जैसे आप अपने शीश पर प्रकाश का बिंदु धारण करते हैं, उसी प्रकार आप साधक के जीवन में निरंतर उजाला बिखेरते हैं।

Lord Sri Surya! The chanting of your names brings prosperity to us, our kids and our family! The more we get ensconced in your strength, the more relieved we are from our ties. You protect Shish, the extract of light (like glittering glass) on your head and it radiates light daily from there.

सूर्य नेत्र पर नित्य विराजत।
कर्ण देस पर दिनकर छाजत॥
भानु नासिका वासकरहुनित।
भास्कर करत सदा मुखको हित॥

surya netra para nitya virajata ।
karna desa para dinakara chhajata ॥
bhanu nasika vasakarahunita ।
bhaskara karata sada mukhako hita ॥

हे सूर्यदेव! आप हमारी आँखों में प्रकाश बनकर रहते हैं, कानों में श्रुति बनकर, नासिका में सुगंध बनकर और सभी इन्द्रियों में चेतना बनकर। आपके दर्शन मात्र से शुभता प्राप्त होती है।

Lord Sri Surya! You reign in our eyes all days! You prevail in ears! You prevail in our nostrils as a pleasant smell! You prevail in all our senses! Looking at your divine face (form) brings good things to us.

ओंठ रहैं पर्जन्य हमारे।
रसना बीच तीक्ष्ण बस प्यारे॥
कंठ सुवर्ण रेत की शोभा।
तिग्म तेजसः कांधे लोभा॥

ontha rahaim parjanya hamare ।
rasana bicha tikshna basa pyare ॥
kantha suvarna reta ki shobha ।
tigma tejasah kandhe lobha ॥

हे सूर्यदेव! आप ही वर्षा का कारण हैं, और समस्त जीव आपकी वर्षा से पल्लवित होते हैं। आपका कंठ मनोहर और तेजस्वी है, और आपके कंधों पर धारित शस्त्र समान दीप्ति प्रभावशाली प्रतीत होती है।

Lord Sri Surya! You create and shower rains on us! We, all the living beings thrive and revel in the rains! Your throat is of good, pleasant colours and is graceful, and it looks like a severe weapon on your shoulders!

पूषां बाहू मित्र पीठहिं पर।
त्वष्टा वरुण रहत सुउष्णकर॥
युगल हाथ पर रक्षा कारन।
भानुमान उरसर्म सुउदरचन॥

pusham bahu mitra pithahim para ।
tvashta varuna rahata suushnakara ॥
yugala hatha para raksha karana ।
bhanumana urasarma suudarachana ॥

हे सूर्यदेव! आपकी बाँहें स्नेह और ऊष्मा प्रदान करती हैं। वरुण (वर्षा देव) भी आप में ही स्थित हैं। आपकी भुजाएँ भक्तों की रक्षा के लिए ही कार्य करती हैं। आपका सम्पूर्ण स्वरूप शुद्ध तेज से निर्मित है।

Lord Sri Surya! Your gallant arms provide warmth like a friend! In your Varuna (rain God) also exists invisibly! Your pair of hands are only for our protection! Your entire form is made of brightness!

बसत नाभि आदित्य मनोहर ।
कटिमंह, रहत मन मुदभर ॥
जंघा गोपति सविता बासा ।
गुप्त दिवाकर करत हुलासा ॥

basata nabhi aditya manohara ।
katimanha, rahata mana mudabhara ॥
jangha gopati savita basa ।
gupta divakara karata hulasa ॥

हे सूर्यदेव! आपकी नाभि से प्रस्फुटित होने वाली किरणें मन को मोहित करती हैं। विष्णु आपके जंघा प्रदेश में प्रतिष्ठित हैं। आपकी दिव्य किरणें तम के समस्त रूपों को नष्ट कर देती हैं।

Lord Sri Surya! Your abdomen is the source of rays which fascinates our minds! It is the great focal point of our minds! Sri Mahavishnu reigns in your thighs! All darkness is removed by your brilliant rays!

विवस्वान पद की रखवारी।
बाहर बसते नित तम हारी॥
सहस्त्रांशु सर्वांग सम्हारै।
रक्षा कवच विचित्र विचारे॥

vivasvana pada ki rakhavari ।
bahara basate nita tama hari ॥
sahastranshu sarvanga sanharai ।
raksha kavacha vichitra vichare ॥

हे सूर्यदेव! हम आपके चरणों में प्रणाम करते हैं। आप अंधकार का विनाश करने वाले हैं। आपकी सहस्त्र किरणें समस्त अंधकार को क्षण भर में दूर कर देती हैं। आपके तेज को कोई साधारण दृष्टि पहचान नहीं सकती।

Lord Sri Surya! Sun God! We worship your feet with reverence! You prevail for the removal of darkness! Your thousand rays dispel all forms of darkness! Your defending armor cannot be easily discerned by anyone.

अस जोजन अपने मन माहीं ।
भय जगबीच करहुं तेहि नाहीं ॥
दद्रु कुष्ठ तेहिं कबहु न व्यापै ।
जोजन याको मन मंह जापै ॥

asa jojana apane mana mahim ।
bhaya jagabicha karahum tehi nahim ॥
dadru kushtha tehim kabahu na vyapai ।
jojana yako mana manha japai ॥

हे सूर्यदेव! जो सदा आपका स्मरण करता है, उसे किसी भी प्रकार का भय नहीं रहता। जो आपकी महिमा का कीर्तन करता है, वह कुष्ठादि रोगों से मुक्त रहता है। हम स्वर्णिम प्रकाश के स्रोत आपको प्रणाम करते हैं।

Lord Sri Surya! The one who thinks and wishes for Sun God all the time need not fear anything in this world. The one who chants the attributes of Sun God shall not have any skin disease and leprosy. We salute to you, the spreader of golden rays!

अंधकार जग का जो हरता।
नव प्रकाश से आनन्द भरता॥
ग्रह गन ग्रसि न मिटावत जाही।
कोटि बार मैं प्रनवौं ताही॥

andhakara jaga ka jo harata ।
nava prakasha se ananda bharata ॥
graha gana grasi na mitavata jahi ।
koti bara maim pranavaum tahi ॥

हे सूर्यदेव! आप अंधकार के संहारक हैं। आपकी प्रभा अन्य ग्रहों की ज्योति को फीका कर देती है। आप अन्य ग्रहों से सर्वथा भिन्न और श्रेष्ठ हैं।

Lord Sri Surya! You completely remove the darkness in the world! You are supremely bright and happily spread your rays! The brightness of the other planets appears dim in comparison to you! You belong to a different category than the other planets!

✹

मंद सदृश सुत जग में जाके।
धर्मराज सम अद्भुत बांके॥
धन्य-धन्य तुम दिनमनि देवा।
किया करत सुरमुनि नर सेवा॥

manda sadrisha suta jaga mem jake।
dharmaraja sama adbhuta banke ॥
dhanya-dhanya tuma dinamani deva ।
kiya karata suramuni nara seva ॥

हे सूर्यदेव! शनि भी आपके समान प्रकाशवान हुए, क्योंकि उन्होंने शिव की तपस्या की। आप दिन के स्वामी हैं, और देव, ऋषि तथा मनुष्य सभी आपका अनुगमन करते हैं।

Lord Sri Surya! Sri Shani, though was similar to sunlight, looked dim; He became equivalent to Yama, the king of Dharma; Due to his penance to Lord Shiva, Sri Shani is as wonderful as Sri Surya! We are grateful to you, the God of days! All including devas, sages, and humans are of service to you always.

✹

✹

भक्ति भावयुत पूर्ण नियम सों ।
दूर हटतसो भवके भ्रम सों ॥
परम धन्य सों नर तनधारी ।
हैं प्रसन्न जेहि पर तम हारी ॥

bhakti bhavayuta purna niyama som ।
dura hatataso bhavake bhrama som ॥
parama dhanya som nara tanadhari ।
haim prasanna jehi para tama hari ॥

हे सूर्यदेव! जो भक्त आपकी एकाग्र भक्ति करता है, वह मोक्ष और सुख का अधिकारी बनता है। आप भ्रांति और अज्ञान को दूर कर अंतःकरण को प्रकाशमय बनाते हैं।

Lord Sri Surya, persons who worship you with ardent devotion, are blessed with salvation, and all their illusions are driven away. With whose devotion you are pleased, you shower your blessings, bring the light of happiness into their lives by removing the darkness of their worries and sorrows.

✹

❋

अरुण माघ महं सूर्य फाल्गुन ।
मधु वेदांग नाम रवि उदयन ॥
भानु उदय बैसाख गिनावै ।
ज्येष्ठ इन्द्र आषाढ़ रवि गावै ॥

aruna magha maham surya phalguna ।
madhu vedanga nama ravi udayana ॥
bhanu udaya baisakha ginavai ।
jyeshtha indra ashadha ravi gavai ॥

हे सूर्यदेव! महीने-महीने आप विभिन्न नामों से पुकारे जाते हैं—माघ में अरुण, फाल्गुन में सूर्य, मधु में वेदांग, बैसाख में रवि, ज्येष्ठ में भानु, आषाढ़ में इन्द्र—ऐसे आप सदा रूपान्तरित होते हुए भी एक ही तत्त्व हैं।

Lord Sri Surya, in the month of Magha, you are Arun, the crimson sun; In the month of Phalguni, you are Surya; In the month of Madhu, you are Vedanga, the one who is the part of Veda, the holy scripture: At the time of rising, you are called Ravi. At the time of the beginning of Baisaka, you are called Bhanu, the brightness: At Jyeshta month, you are Indra: At Ashada month, you are Ravi.

❋

✹

यम भादों आश्विन हिमरेता ।
कातिक होत दिवाकर नेता ॥
अगहन भिन्न विष्णु हैं पूसहिं ।
पुरुष नाम रविहैं मलमासहिं ॥

yama bhadom ashvina himareta ।
katika hota divakara neta ॥
agahana bhinna vishnu haim pusahim ।
purusha nama ravihaim malamasahim ॥

हे सूर्यदेव! आप हिम और शीत का नाश करते हैं। आप जगत से अशुभ और अंधकार को दूर करते हैं। आप ही दिन के निर्माता और ऋतुओं के नियंता हैं।

Lord Sri Surya, you dispel the snow and chillness by riding on the horses! As the creator of the days, you remove all the objectionable and bad elements. You are called the eagle laden Sri Mahavishnu during Pusha month; During mal mass, i.e., inauspicious month, you are named as Ravi.

✹

॥दोहा॥

भानु चालीसा प्रेम युत, गावहिं जे नर नित्य,
सुख सम्पत्ति लहि बिबिध, होंहिं सदा कृतकृत्य॥

Concluding prayer

bhanu chalisa prema yuta, gavahim je nara nitya,
sukha sampatti lahi bibidha, honhim sada kritakritya ॥

हे सूर्यदेव! जो भक्त भानु चालीसा को प्रतिदिन श्रद्धा और प्रेम से पढ़ता है, उसे सुख, धन, और प्रत्येक कर्म में विजय प्राप्त होती है।

Lord Sri Surya, the person who chants Bhanu Chalisa every day with love and devotion, shall be blessed with happiness, wealth and victory at every task that he performs.

सूर्योपनिषद्

महत्त्व

सूर्योपनिषद् प्राचीन वेदों में सूर्य को सर्वोच्च चेतना और जीवन स्रोत के रूप में दर्शाने वाला महत्वपूर्ण ग्रंथ है। यह केवल सूर्य के भौतिक अस्तित्व का सम्मान नहीं करता, बल्कि उसे सर्वशक्तिमान, ज्ञान और सृजन का मूल मानता है। इस उपनिषद् के माध्यम से हम यह समझ पाते हैं कि सूर्य ही सभी प्राणियों के जीवन और ब्रह्मांड की ऊर्जा का केंद्र है, और इसके ध्यान से मन, शरीर और आत्मा में संतुलन स्थापित होता है।

सूर्योपनिषद् का अध्ययन और पाठ करने से मानसिक स्पष्टता, शारीरिक ऊर्जा और आध्यात्मिक जागरूकता बढ़ती है। इसमें बताए गए मंत्र और ध्यान विधियाँ व्यक्ति को जीवन में स्थिरता, साहस और सकारात्मक ऊर्जा प्रदान करते हैं। विशेष रूप से गायत्री मंत्र का जाप व्यक्ति के मन को शुद्ध करता है, नकारात्मक प्रभावों को दूर करता है और बौद्धिक व भावनात्मक संतुलन को मजबूत करता है।

इसके अलावा, सूर्योपनिषद् हमारे दैनिक जीवन में आध्यात्मिक और व्यवहारिक मार्गदर्शन भी देता है। यह प्रातःकालीन सूर्य आराधना, ध्यान और कर्म के प्रति सचेत रहने का संदेश देता है। इन अभ्यासों से व्यक्ति न केवल प्राकृतिक चक्रों के साथ अपने शरीर को सशक्त बनाता है, बल्कि कृतज्ञता, पूर्ण चेतना और जीवन में उद्देश्य की भावना भी विकसित करता है। सूर्योपनिषद् का ज्ञान अपनाने से व्यक्ति अपने भीतर और ब्रह्मांड में गहरा सामंजस्य अनुभव करता है।

Suryopanishad

Significance

Thc Sūrya Upanishad is a profound Vedic scripture that venerates the Sun as the supreme consciousness and source of life. It does not merely honor the Sun as a celestial body, but recognizes it as the essence of creation, knowledge, and energy. Through this Upanishad, one understands that the Sun is the center of life and energy for all beings, and meditating on it brings harmony to the mind, body, and soul.

Studying and reciting the Sūrya Upanishad enhances mental clarity, physical vitality, and spiritual awareness. Its sacred mantras and meditative practices cultivate stability, courage, and positive energy. In particular, chanting the Gayatri mantra purifies the mind, dispels negativity, and strengthens intellectual and emotional balance.

Furthermore, the Sūrya Upanishad provides practical guidance for daily life. It encourages morning worship of the Sun, mindful reflection, and conscious living. These practices not only strengthen the body in alignment with natural cycles, but also foster gratitude, mindfulness, and a purposeful approach to life. Embracing the wisdom of the Sūrya Upanishad allows one to experience profound harmony within oneself and with the universe.

सूर्योपनिषत् / सूर्याथर्वशीर्षम् पाठ
Sūrya Upanishad / Sūrya-Ātharvaṅgiras Prayer

ॐ भद्रं कर्णेभिः श्रुणुयाम देवाः। भद्रं पश्येमाक्षभिर्यजत्राः।
स्थिरैरङ्गैस्तुष्टुवांसस्तनूभिर्व्यशेम देवहितं यदायुः।
स्वस्ति न इन्द्रो वृद्धश्रवाः। स्वस्ति नः पूषा विश्ववेदाः।
स्वस्ति नस्तार्क्ष्यो अरिष्टनेमिः। स्वस्ति नो बृहस्पतिर्दधातु।
ॐ शान्तिः शान्तिः शान्तिः।

हे देवों, हम आपके कानों से शुभ सुनें। हम आपकी आँखों से शुभ देखें। हम आपके स्थिर अंगों और संतुष्ट तन से देवहितकारी आयु प्राप्त करें। इन्द्र, पूषा, तर्क्ष्य और बृहस्पति हमें शुभ दें। ॐ शान्ति: शान्ति: शान्ति:

Om bhadram karṇebhiḥ śruṇuyāma devāḥ. Bhadram paśyemākṣabhir yajatrāḥ.
Sthirairaṅgaistuṣṭuvāṁsastanūbhir vyashema devahitaṁ yadāyuḥ.
Swasti na indro vṛddhaśravāḥ. Swasti naḥ pūṣā viśvavedāḥ.
Swasti nastārkṣyo ariṣṭanemiḥ. Swasti no bṛhaspatirdadhātu.
Om śāntiḥ śāntiḥ śāntiḥ.

O gods, may we hear auspicious things with our ears. May we see auspiciousness with our eyes. With steady limbs and pleased bodies, may we live a life beneficial to the gods. May Indra, Pūṣa, Tārkṣya, and Bṛhaspati grant us wellbeing. Om, peace, peace, peace.

हरिः ॐ अथ सूर्याथर्वाङ्गिरसं व्याख्यास्यामः।
ब्रह्मा ऋषिः। गायत्री छन्दः। आदित्यो देवता।
हंसः सोऽहम्। अग्निनारायणयुक्तं बीजम्। हृल्लेखा शक्तिः।
वियदादिसर्गसंयुक्तं कीलकम्।

हरि ॐ, अब हम सूर्याथर्वशीर्ष की व्याख्या करेंगे। ऋषि ब्रह्मा हैं। छंद गायत्री है। देवता आदित्य हैं। बीज हंस है। यह अग्नि और नारायण से युक्त है। कीलक वियदा आदि सर्गों से संबंधित है।

Hariḥ om atha Sūryātharvāṅgirasam vyākhyāsyāmaḥ.
Brahmā ṛṣiḥ. Gāyatrī chhandaḥ. Ādityaḥ devatā.
Haṁsaḥ so'ham. Agninārāyaṇayuktaṁ bījām.
Hṛllekhā śaktiḥ.
Viyadādisargasamyuktaṁ kīlakam.

Hari Om, now we shall explain the Sūrya-Ātharvaṅgiras. Rishi: Brahma, Chandas: Gayatri, Devata: Aditya. Seed (Beej): Hamsa, combined with Agni and Narayana. The key (Keelaka) is connected with the creative processes (Sarga).

चतुर्विधपुरुषार्थसिद्ध्यर्थे विनियोगः।
षट्स्वरारूढेन बीजेन षडङ्गं रक्ताम्बुजसंस्थितम्।
सप्ताश्वरथिनं हिरण्यवर्णं चतुर्भुजं पद्मद्वयाभयवरदहस्तं
कालचक्रप्रणेतारं
श्रीसूर्यनारायणं य एवं वेद स वै ब्राह्मणः।

चार प्रकार के पुरुषार्थ की सिद्धि के लिए इसका प्रयोग। बीज षट्स्वर के आरोहण से षड्-अंग (छह अंग) लाल कमल में स्थित हैं। सात रथों वाला, सोने का वर्ण, चतुर्भुज, दो कमलों के बीच अभय वर देने वाला हाथ, कालचक्र का धारणकर्ता, यही श्री सूर्यनारायण है। ऐसा जानने वाला ब्राह्मण कहलाता है।

Caturvidhapuruṣārthasiddhyarthe viniyogaḥ.
Ṣaṭsvarārūḍhena bījena ṣaḍaṅgaṁ
raktāmbujasaṁsthitaṁ.
Saptāśvarathinaṁ hiraṇyavarṇaṁ caturbhujaṁ
padmadvayābhayavaradahastaṁ kālacakrapraṇetāraṁ
śrīsūryanārāyaṇaṁ ya evaṁ veda sa vai brāhmaṇaḥ.

For achieving the four aims of human life (Dharma, Artha, Kama, Moksha), this is applied. The sixfold (ṣaḍaṅga) seed mounted on six notes resides in the red lotus. With seven chariots, golden hue, four arms, hands granting fearlessness, bearer of the wheel of time — this is Shri Surya-Narayana. One who knows this is a true Brahmana.

ॐ भूर्भुवःसुवः।
तत्सवितुर्वरेण्यं भर्गो देवस्य धीमहि।
धियो यो नः प्रचोदयात्।

ॐ, यह पृथ्वी, अंतरिक्ष और स्वर्ग है। हम उस दिव्य शक्ति (सविता) का ध्यान करें। वह बुद्धि हमें सही मार्ग दिखाए।

Om bhūr bhuvaḥ suvaḥ.
Tat savitur vareṇyaṁ bhargo devasya dhīmahi.
Dhiyo yo naḥ prachodayāt.

Om, Earth, Sky, and Heavens. We meditate on the divine radiance of Savitar. May that divine intelligence inspire our intellects.

सूर्य आत्मा जगतस्तस्थुषश्च।
सूर्याद्वै खल्विमानि भूतानि जायन्ते।
सूर्याद्यज्ञः पर्जन्योऽन्नमात्मा नमस्त आदित्य।
त्वमेव प्रत्यक्षं कर्मकर्तासि।
त्वमेव प्रत्यक्षं ब्रह्मासि।
त्वमेव प्रत्यक्षं विष्णुरसि।
त्वमेव प्रत्यक्षं रुद्रोऽसि।

सूर्य ही जगत का आत्मा है। सभी प्राणी सूर्य से उत्पन्न होते हैं। सूर्य ही यज्ञ, पर्जन्य और अन्न का आत्मा है। हे सूर्य! आप प्रत्यक्ष रूप में कर्मकर्ता हैं। आप प्रत्यक्ष ब्रह्म हैं। आप प्रत्यक्ष विष्णु हैं। आप प्रत्यक्ष रुद्र हैं।

Sūrya ātmā jagatastasthuṣaśca.
Sūryādvai khalvimāni bhūtāni jāyante.
Sūryādyajñaḥ parjanyo'annamātmā namasta āditya.
Tvameva pratyakṣaṁ karmakartāsi.
Tvameva pratyakṣaṁ brahmāsi.
Tvameva pratyakṣaṁ viṣṇurasi.
Tvameva pratyakṣaṁ rudro'si.

The Sun is the soul of the universe. From the Sun alone all beings arise. The Sun is the essence of Yajna, rain, and food. O Sun, you are the visible doer of all actions. You are the visible Brahma. You are the visible Vishnu. You are the visible Rudra.

आदित्याद्वायुर्जायते।
आदित्याद्‌भूमिर्जायते।
आदित्यादापो जायन्ते।
आदित्याज्ज्योतिर्जायते।
आदित्याद्व्योम दिशो जायन्ते।
आदित्याद्देवा जायन्ते।
आदित्याद्वेदा जायन्ते।
आदित्यो वा एष एतन्मण्डलं तपति।
असावादित्यो ब्रह्म।

सूर्य से वायु उत्पन्न होती है। सूर्य से पृथ्वी उत्पन्न होती है। सूर्य से जल उत्पन्न होते हैं। सूर्य से ज्योति उत्पन्न होती है। सूर्य से आकाश और दिशाएँ उत्पन्न होती हैं। सूर्य से देवता उत्पन्न होते हैं। सूर्य से वेद उत्पन्न होते हैं। यह सूर्य ही ब्रह्म है।

Ādityād vāyur jāyate.
Ādityādbhūmir jāyate.
Ādityād āpo jāyante.
Ādityājjyotir jāyate.
Ādityād vyoma diśo jāyante.
Ādityāddeva jāyante.
Ādityād vedā jāyante.
Ādityo vā eṣa etanmaṇḍalaṁ tapati.
Asāvādityo brahma.

From the Sun arises air. From the Sun arises Earth. From the Sun arise waters. From the Sun arises light. From the Sun arise the sky and directions. From the Sun arise the gods. From the Sun arise the Vedas. This Sun is indeed Brahman.

आदित्याअन्तःकरणमनोबुद्धिचित्ताहङ्कारा:।
आदित्यो वै व्यानः समानोदानोऽपानः प्राणः।
आदित्यो वै श्रोत्रत्वक्चक्षूरसनघ्राणाः।
आदित्यो वै वाक्पाणिपादपायूपस्थाः।
आदित्यो वै शब्दस्पर्शरूपरसगन्धाः।
आदित्यो वै वचनादानागमनविसर्गानन्दाः।

सूर्य ही अंतःकरण, मन, बुद्धि, चित्त और अहंकार हैं। सूर्य ही प्राण और जीवन शक्तियां हैं। सूर्य ही श्रवण, दृष्टि, स्वाद, घ्राण हैं। सूर्य ही वाणी, हाथ, पैर, योनियां हैं। सूर्य ही शब्द, स्पर्श, रूप, रस, गंध हैं। सूर्य ही वचन और आनंद हैं।

Ādityāntaḥkaraṇamano-buddhicit-tāhaṅkārāḥ.
Ādityo vai vyānaḥ samānodāno'pānaḥ prāṇaḥ.
Ādityo vai śrotratvakcakṣūrasaṁghrāṇāḥ.
Ādityo vai vākpāṇipādapāyūpasthāḥ.
Ādityo vai śabdasparśarūparasagandhāḥ.
Ādityo vai vacanādānāgamnavisargānandāḥ.

The Sun is the mind, intellect, heart, and ego. The Sun is life force (prāṇa). The Sun is hearing, sight, taste, and smell. The Sun is speech, hands, feet, and reproductive organs. The Sun is sound, touch, form, taste, and fragrance. The Sun is all words and bliss.

❋

आनन्दमयो ज्ञानमयो विज्ञानमय आदित्यः।
नमो मित्राय भानवे मृत्योर्मा पाहि।
भ्राजिष्णवे विश्वहेतवे नमः।
सूर्याद्भवन्ति भूतानि सूर्येण पालितानि तु।
सूर्ये लयं प्राप्नुवन्ति यः सूर्यः सोऽहमेव च।

सूर्य आनंदमय, ज्ञानमय और विज्ञानमय हैं। नमः मित्र और प्रकाश देने वाले सूर्य को। नमः विश्व के कारण सूर्य को। सभी प्राणी सूर्य से उत्पन्न होते हैं और सूर्य द्वारा पालन होते हैं। जो सूर्य लय प्राप्त करता है, वही मैं भी हूँ।

Ānandamayo jñānamayo vijñānamaya ādityaḥ.
Namo mitrāya bhānave mṛtyormā pāhi.
Bhrājiṣṇave viśvahetave namaḥ.
Sūryādbhavanti bhūtāni sūryeṇa pālitāni tu.
Sūrye layaṁ prāpnuvanti yaḥ sūryaḥ so'ham eva ca.

The Sun is bliss, knowledge, and wisdom. Salutations to Mitra, the illuminating Sun. Salutations to the Sun, cause of the universe. All beings are born of the Sun and sustained by the Sun. The Sun attains dissolution — that Sun is indeed me.

❋

यो हस्तादित्ये जपति स महामृत्युं तरति।
त्रिकालमेतज्जस्वा क्रतुशतफलमवाप्नोति।

जो व्यक्ति सूर्य मंत्र का जाप करता है, वह महान मृत्यु से पार हो जाता है। त्रिकाल जाप करनें वाला व्यक्ति यज्ञ के सौ फलों को प्राप्त करता है।

Yo hastāditye japati sa mahāmṛtyuṁ tarati.
Trikālametajjaptvā kratuśataphalamavāpnoti.

Whoever recites the Sun mantra transcends great death. Reciting it thrice daily, the person attains the merits of a hundred yajnas.

❋

✹

इत्युपनिषत्।
हरिः ॐ भद्रं कर्णेभिरिति शान्तिः।
इति सूर्योपनिषत्समाप्ता।
इति सूर्योपनिषद् समाप्त। हरि ॐ, भद्रं कर्णेभिरिति शांति।

Ity upaniṣat.
Hariḥ om bhadram karṇebhiri iti śāntiḥ.
Iti sūryopaniṣatsamāptā.

Thus ends the Sūrya Upanishad. Hari Om, may we hear auspicious things. Peace.

भगवान सूर्य की अष्टोत्तर शतनामावली
Ashtottara Shatanamavali of Lord Surya

सूर्य के 108 नामों का साधना-तत्व

वेदों में सूर्य को ब्रह्म के प्रत्यक्ष रूप में स्वीकार किया गया है। ऋग्वेद में सूर्य को 'सविता' कहा गया है—वह जो समस्त प्राणियों को गति, प्रेरणा और जीवन देता है। यजुर्वेद सूर्य को विश्वकर्मा कहकर संबोधित करता है, जिसका अर्थ है वह शक्ति जो नियम, संतुलन और सृजनात्मक व्यवस्था को बनाए रखती है। अथर्ववेद में सूर्य को अंधकार और अज्ञान के नाशक के रूप में स्मरण किया गया है। उपनिषदों में सूर्य को "ज्योतिषाम् ज्योतिः"—सभी प्रकाशों का मूल प्रकाश—कहा गया है, अर्थात् सूर्य केवल दृश्य तेज नहीं, बल्कि विवेक, चेतना और जागरण का प्रतीक है। वैदिक दृष्टि सूर्य को किसी एक रूप या प्रतिमा तक सीमित नहीं करती, बल्कि उसे जीवन-ऊर्जा के सर्वव्यापी सागर के रूप में देखती है।

सूर्य के 108 नामों की उपासना साधक को इस चेतना के साथ आंतरिक रूप से जोड़ने का माध्यम है। संख्या 108 भारतीय आध्यात्मिक परंपरा में प्रतीकात्मक और वैज्ञानिक दोनों अर्थों में महत्त्वपूर्ण मानी गई है। कहा जाता है कि शरीर में 108 मुख्य

ऊर्जा-नाड़ियाँ हैं, जिनके संतुलन से प्राण और मन की स्थिरता प्राप्त होती है। इसी प्रकार 12 आदित्य और 9 ग्रहों के गुण-चक्र को मिलाकर 108 का योग आता है, जो ब्रह्माण्डीय लय का संकेतक है। इसलिए 108 नामों का जप केवल स्तुति का कार्य नहीं है, बल्कि यह प्राण-ऊर्जा को केंद्रित करने, मन को एकाग्र बनाने और आत्म-साहस एवं मानसिक तेज को जाग्रत करने की योगिक साधना है। नियमित जप से मन की चंचलता शांत होती है और आंतरिक स्थिरता और विश्वास जन्म लेते हैं।

शास्त्रीय ग्रंथों में सूर्य को आरोग्य, मनोबल और जीवन-शक्ति का दाता माना गया है। आदित्य-हृदय स्तोत्र में महर्षि अगस्त्य श्रीराम को बताते हैं कि सूर्य की उपासना भय, शोक और मानसिक दुर्बलता का नाश कर वीरता और विजय प्रदान करती है। पुराणों में सूर्य को काल-चक्र के नियामक और प्रकृति के संतुलनकर्ता के रूप में वर्णित किया गया है। प्रातःकाल सूर्य को अर्घ्य देने की परंपरा, ध्यान और श्वास की सरल लय के साथ, साधक के मन और शरीर को संतुलित करती है। जल की धारा से प्रतिबिंबित होना वाली सूर्य की किरणें नेत्रों, मनोवृत्तियों और प्राणों को शुद्ध और सुमधुर बनाती हैं।

अंततः सूर्य-उपासना बाहर प्रकाश खोजने की साधना नहीं, बल्कि अपने भीतर पहले से विद्यमान प्रकाश की पहचान है। जब साधक सूर्य के 108 नामों का जप करता है, तो वह बाहरी सूर्य के तेज को अपने भीतर की चेतना में रूपांतरित करता है—जहाँ साहस, धैर्य, बुद्धि और आत्मविश्वास के रूप में वह प्रकाश प्रकट होता है। यही सूर्य-साधना का वास्तविक सार है: बाहरी सूर्य से जुड़कर भीतर के सूर्य को प्रकाशित कर देना।

The Spiritual Essence of the 108 Names of Surya

In the Vedic tradition, Surya is revered as the direct manifestation of Brahman. The Rigveda addresses Surya as Savita—the one who imparts movement, inspiration, and life to all beings. The Yajurveda describes Surya as Vishvakarma, the cosmic power that sustains order, balance, and creative harmony in the universe. The Atharvaveda praises Surya as the destroyer of darkness and ignorance. The Upanishads refer to him as "Jyotishām Jyotih"—the Light of all lights—affirming that Surya is not merely a visible source of radiance but the embodiment of awareness, consciousness, and inner illumination. Thus, the Vedic vision does not confine Surya to a form or image; it perceives him as the boundless ocean of life-energy pervading the cosmos and the self.

The worship of Surya through his 108 names is a means of inwardly aligning oneself with this consciousness. The number 108 holds deep symbolic as well as scientific significance in Indian philosophical and yogic traditions. It is said that the human subtle body contains 108 primary energy channels (nāḍīs), whose balance ensures steadiness of prāṇa and mind. Likewise, the figure arises from the cosmic interplay of the twelve Adityas and the nine planetary spheres ($12 \times 9 = 108$), representing the rhythm of universal law. Hence, chanting the 108 names of Surya is not merely devotional praise—it is a yogic discipline that concentrates vital energy, stabilizes thought, awakens inner courage, and sharpens intellectual clarity. Regular recitation calms mental restlessness and cultivates composure, confidence, and inner equilibrium.

Classical texts describe Surya as the giver of health, vitality, and life-force. In the Aditya Hridaya Stotra, Sage Agastya instructs Shri Rama that the worship of Surya dispels fear, grief, and mental weakness, granting valor and inner victory. The Puranas portray Surya as the regulator of time and the sustaining power of natural balance. The morning practice of offering water to the rising sun, accompanied by mindful breathing and meditative awareness, harmonizes both body and mind. The rays of Surya—reflected through the stream of water—are believed to purify the senses, thoughts, and vital energies.

Ultimately, the worship of Surya is not a search for an external light—it is the recognition of a light already present within. When a practitioner chants the 108 names of Surya, the outer radiance of the sun is transformed into inner illumination, manifesting as courage, steadiness, wisdom, and self-assurance. This is the true essence of Surya Sadhana: to connect with the outer sun so that the inner sun may shine forth.

अरुण (Aruna)

ॐ अरुणाय नमः।

Om Arunaya NamahI

जो लाल-भूरे आभा वाले हैं।

The one who radiates a reddish-golden glow.

शरण्य (Sharanya)

ॐ शरण्याय नमः।

Om Sharanyaya NamahI

जो सभी को आश्रय देने वाले हैं।

The one who grants refuge and protection to all.

करुणारससिन्धु (Karunarasasindhu)

ॐ करुणारससिन्धवे नमः।

Om Karunarasasindhave NamahI

जो करुणा के महासागर हैं।

The ocean of compassion.

❋

असमानबल (Asamanabala)

ॐ असमानबलाय नमः।

Om Asamanabalaya Namah।

जिसकी शक्ति का कोई तुल्य नहीं।

The one whose power is incomparable.

❋

आर्तरक्षक (Artarakshaka)

ॐ आर्तरक्षकाय नमः।

Om Artarakshakaya Namah।

जो दुःख और संकट में रक्षा करते हैं।

The protector of the distressed.

❋

आदित्य (Aditya)

ॐ आदित्याय नमः।

Om Adityaya Namah।

अदिति के पुत्र।

Son of Aditi.

आदिभूत (Adibhuta)

ॐ आदिभूताय नमः।

Om Adibhutaya Namah।

जिनकी उत्पत्ति आदि में हुई।

The one who is primordial.

अखिलागमवेदी (Akhilagamavedi)

ॐ अखिलागमवेदिने नमः।

Om Akhilagamavedine Namah।

सभी वेदों और शास्त्रों के ज्ञाता।

Knower of all sacred scriptures.

अच्युत (Achyuta)

ॐ अच्युताय नमः।

Om Achyutaya Namah।

जिनकी शक्ति कभी क्षीण नहीं होती।

The one who never falters or declines.

❋

अखिलज्ञ (Akhilajna)

ॐ अखिलज्ञाय नमः।

Om Akhilajnaya Namah।

जो सभी का ज्ञान रखते हैं।

The all-knowing one.

❋

अनन्त (Ananta)

ॐ अनन्ताय नमः।

Om Anantaya Namah।

जिनका कोई अंत नहीं।

The infinite.

❋

इन (Ina)

ॐ इनाय नमः।

Om Inaya Namah।

अत्यन्त शक्तिशाली।

Possessor of immense strength.

विश्वरूप (Vishvarupa)

ॐ विश्वरूपाय नमः।

Om Vishvarupaya Namah।

जो सम्पूर्ण सृष्टि में दिखाई देता है।

The one who exists in all forms of the universe.

इज्य (Ijya)

ॐ इज्याय नमः।

Om Ijyaya Namah।

जो सर्वथा पूजनीय हैं।

Worthy of worship.

इन्द्र (Indra)

ॐ इन्द्राय नमः।

Om Indraya Namah।

देवताओं के स्वामी।

Lord of the celestial forces.

✹

भानु (Bhanu)

ॐ भानवे नमः।

Om Bhanave Namah।

तेजोमय, ज्योति देने वाले।

The radiant one.

✹

इन्दिरामन्दिराप्त (Indiramandiraprāpta)

ॐ इन्दिरामन्दिराप्ताय नमः।

Om Indiramandiraptaya Namah।

जिनके भीतर लक्ष्मी निवास करती हैं।

The one who holds divine abundance.

✹

वन्दनीय (Vandaniya)

ॐ वन्दनीयाय नमः।

Om Vandaniyaya Namah।

जो स्तुति और वंदना के योग्य हैं।

Deserving of reverence and praise.

ईश (Isha)

ॐ ईशाय नमः।

Om Ishaya Namah।

जो सभी के ईश्वर हैं।

The supreme lord.

सुप्रसन्न (Suprasanna)

ॐ सुप्रसन्नाय नमः।

Om Suprasannaya Namah।

सर्वदा प्रसन्न स्वभाव वाले।

The ever-blissful one.

सुशील (Sushila)

ॐ सुशीलाय नमः।

Om Sushilaya Namah।

उत्तम गुणों वाले।

Gentle and virtuous in nature.

✵

सुवर्चस् (Suvarcas)

ॐ सुवर्चसे नमः।

Om Suvarchase Namah।

अद्‌भुत ज्योति वाले।

Possessing divine brilliance.

✵

वसुप्रद (Vasuprada)

ॐ वसुप्रदाय नमः।

Om Vasupradaya Namah।

धन देने वाले।

Bestower of prosperity.

✵

वसु (Vasu)

ॐ वसवे नमः।

Om Vasave NamahI

श्रेष्ठ और दिव्य।

The noble and exalted one.

✹

वासुदेव (Vasudeva)

ॐ वासुदेवाय नमः।

Om Vasudevaya NamahI

जो सर्वत्र विद्यमान हैं।

The one who pervades all.

✹

उज्ज्वल (Ujjvala)

ॐ उज्ज्वलाय नमः।

Om Ujjvalaya Namah.

जो अत्यन्त प्रकाशमान और उज्ज्वल हैं।

The one who is brilliantly radiant.

✹

उग्ररूप (Ugrarūpa)

ॐ उग्ररूपाय नमः।

Om Ugrarupaya Namah.

जिनका रूप उग्र और प्रचण्ड है।

Whose form is fierce and formidable.

ऊर्ध्वग (Urdhvaga)

ॐ ऊर्ध्वगाय नमः।

Om Urdhvagaya Namah.

जो सदैव ऊपर की ओर बढ़ते हैं।

The one who always rises upward.

विवस्वान् (Vivasvān / Vivasvate)

ॐ विवस्वते नमः।

Om Vivasvate Namah.

जो अत्यन्त तेज व ऊष्मा से व्याप्त हैं।

The resplendent one, filled with great heat and radiance.

उद्यत्किरणजाल (Udyatkiraṇajāla)

ॐ उद्यत्किरणजालाय नमः।

Om Udyatkiranajalaya Namah.

जो प्रकाश की बढ़ती किरणों का जाल बनाते हैं।

The one whose emerging rays weave a net of light.

✹

हृषीकेश (Hṛṣīkeśa / Hrishikesh)

ॐ हृषीकेशाय नमः।

Om Hrishikeshaya Namah.

जो इन्द्रियों के स्वामी हैं।

Lord of the senses.

✹

ऊर्जस्वल (Ūrjasvala / Urjasval)

ॐ ऊर्जस्वलाय नमः।

Om Urjasvalaya Namah.

जो अत्यन्त ऊर्जावान और बलशाली हैं।

The immensely energetic and powerful one.

✹

वीर (Vīra / Vira)

ॐ वीराय नमः।

Om Viraya Namah.

जो अत्यन्त साहसी और पराक्रमी हैं।

The heroic and courageous one.

✺

निर्जर (Nirjara)

ॐ निर्जराय नमः।

Om Nirjaraya Namah.

जो जरा (बूढ़ापा) रहित, अविनाशी हैं।

The ageless, imperishable one.

✺

जय (Jaya)

ॐ जयाय नमः।

Om Jayaya Namah.

जो सदा विजय प्राप्त करने वाले हैं।

The ever-victorious one.

✺

ऊरुद्वयाभावरूपयुक्तसारथि
(Ūrudvayābhāvarūpayukta-Sārathi)

ॐ ऊरुद्वयाभावरूपयुक्तसारथये नमः।

Om Urudvayabhavarupayuktasarathaye Namah.

जिनके सारथी का स्वरूप अनोखा
(बिना जाँघों वाला सारथी) है।

The one whose charioteer embodies
an extraordinary (thighless) form.

ऋषिवन्द्य (Ṛṣivandya / Rishivandya)

ॐ ऋषिवन्द्याय नमः।

Om Rishivandyaya Namah.

जिन्हें ऋषि-मान्यजन पूजते और आदर करते हैं।

Revered by the sages.

रुग्घन्ता (Rugghantā / Rugghanta)

ॐ रुग्घन्त्रे नमः।

Om Rugghantre Namah.

जो रोगों के विनाशक हैं।

The destroyer of diseases.

✹

ऋक्षचक्रचर (Ṛkṣacakracara / Rikshachakrachar)

ॐ ऋक्षचक्रचराय नमः।

Om Rikshachakracharaya Namah.

जो तारों/चक्रों के मध्य विचरण करते हैं।

The one who traverses among stellar wheels/ constellations.

✹

ऋजुस्वभावचित्त (Ṛjusvabhāvacitta / Rijusvabhavachitta)

ॐ ऋजुस्वभावचित्ताय नमः।

Om Rijusvabhavachittaya Namah.

जिनका मन स्वभावतः सरल, सच्चा और निष्कलंक है।

The one of straightforward, sincere disposition.

✹

नित्यस्तुत्य (Nityastutya)

ॐ नित्यस्तुत्याय नमः।

Om Nityastutyaya Namah.

जो सदा स्तुति-योग्य और प्रशंसनीय हैं।

Ever worthy of praise.

ऋकारमातृकावर्णरूप (Ṛkāramātrikāvarṇarūpa / Rikaramatrikavarnarupa)

ॐ ऋकारमातृकावर्णरूपाय नमः।

Om Rikaramatrikavarnarupaya Namah.

जिनका रूप और स्वभाव 'ऋ' अक्षर
के पवित्र स्वरूप समान है।

Whose form reflects the sacred syllable 'Ṛ'.

उज्ज्वलतेजस् (Ujjvalatejas / Ujjvalatejas)

ॐ उज्ज्वलतेजसे नमः।

Om Ujjvalatejase Namah.

जो अद्भुत आभा तथा तेज से दीप्त हैं।

The one of dazzling splendour.

✹

ऋक्षाधिनाथमित्र (Ṛkṣādhināthamitra / Rikshadhinathamitra)

ॐ ऋक्षाधिनाथमित्राय नमः।

Om Rikshadhinathamitraya Namah.

जो तारावली के देवताओं विशेषकर चन्द्र के मित्र हैं।

Friend of the lunar/stellar lord; ally of constellations.

✹

पुष्कराक्ष (Puṣkarākṣa / Pushkaraksha)

ॐ पुष्कराक्षाय नमः।

Om Pushkarakshaya Namah.

जिनके नेत्र कमल-सम (पुष्कर) हैं।

The lotus-eyed one.

✹

लुप्तदन्त (Luptadanta)

ॐ लुप्तदन्ताय नमः।

Om Luptadantaya Namah.

जो दाँतहीन हैं (दन्तरहित, पारलौकिक स्वरूप)।

The toothless (transcending physical needs).

शान्त (Śānta / Shanta)

ॐ शान्ताय नमः।

Om Shantaya Namah.

जो शांत, स्थिर और समत्व से पूर्ण हैं।

The embodiment of peace.

कान्तिद (Kāntida / Kantida)

ॐ कान्तिदाय नमः।

Om Kantidaya Namah.

सौंदर्य और दीप्ति प्रदान करने वाले।

Bestower of beauty and radiance.

घन (Ghana)

ॐ घनाय नमः।

Om Ghanaya Namah.

जो घनत्व—गाढ़ी उपस्थिति
तथा विनाशक शक्ति रखते हैं।

Dense, formidable—one who can dispel.

कनत्कनकभूष (Kanatkanakabhūṣa / Kanatkanakabhusha)

ॐ कनत्कनकभूषाय नमः।

Om Kanatkanakabhushaya Namah.

जो तेजोमय स्वर्णाभूषणों से अलंकृत हैं।

Adorned with glittering golden ornaments.

खद्योत (Khadyota)

ॐ खद्योताय नमः।

Om Khadyotaya Namah.

जो सम्पूर्ण आकाश को प्रकाशित करने वाले हैं।

The one who illumines the entire sky.

✵

लूनिताखिलदैत्य (Lūnitākhiladaitya)

ॐ लूनिताखिलदैत्याय नमः।

Om Lunitakhiladaityaya Namah.

जो सभी असुरों का नाश करने वाले हैं।

The destroyer of all demons and negative forces.

✵

सत्यानन्दस्वरूपी (Satyānandasvarūpi)

ॐ सत्यानन्दस्वरूपिणे नमः।

Om Satyanandasvarupine Namah.

जिनका स्वरूप सत्य और आनन्द से युक्त है।

The embodiment of truth and divine bliss.

✵

अपवर्गप्रद (Apavargaprad)

ॐ अपवर्गप्रदाय नमः।

Om Apavargapradaya Namah.

जो मोक्ष प्रदान करने वाले हैं।

The giver of liberation.

✵

आर्तशरण्य (Ārtasharaṇya)

ॐ आर्तशरण्याय नमः।

Om Artasharanyaya Namah.

जो दुःखी और पीड़ितों को शरण देने वाले हैं।

Refuge for the distressed and sorrowful.

✵

एकाकी (Ekākī)

ॐ एकाकिने नमः।

Om Ekakine Namah.

जो स्वयं में पूर्ण, अद्वितीय और अकेले स्थित हैं।

The solitary, self-sufficient one.

✵

भगवान् (Bhagavān)

ॐ भगवते नमः।

Om Bhagavate Namah.

जो सम्पूर्ण ऐश्वर्य, शक्ति, सौंदर्य और ज्ञान के स्वामी हैं।

The Supreme Lord possessing all divine attributes.

❋

सृष्टिस्थित्यन्तकारी (Sṛṣṭi-sthiti-anta-kārī)

ॐ सृष्टिस्थित्यन्तकारिणे नमः।

Om Srishtisthityantakarine Namah.

जो सृष्टि, पालन और संहार के कर्ता हैं।

The creator, sustainer, and dissolver of the universe.

❋

गुणात्मा (Guṇātmā)

ॐ गुणात्मने नमः।

Om Gunatmane Namah.

जो गुणों से सम्पन्न और शुद्धात्मा हैं।

The soul of all virtues.

❋

घृणिभृत् (Ghrinibhṛt)

ॐ घृणिभृते नमः।

Om Ghrinibhrite Namah.

जो प्रकाश और ऊष्मा को अपने भीतर धारण करते हैं।

The bearer of light and warmth.

बृहत् (Bṛhat)

ॐ बृहते नमः।

Om Brihate Namah.

जो अनन्त रूप से महान हैं।

The infinitely vast and great one.

ब्रह्म (Brahma)

ॐ ब्रह्मणे नमः।

Om Brahmane Namah.

जो परम सत्य, परम सत्ता और आध्यात्मिक मूल हैं।

The Supreme Absolute Reality.

ऐश्वर्यद (Aishvaryada)

ॐ ऐश्वर्यदाय नमः।

Om Aishvaryadaya Namah.

जो सर्वोच्च शक्तियाँ और सिद्धियाँ प्रदान करते हैं।

The giver of divine powers
and prosperity.

शर्व (Śarva)

ॐ शर्वाय नमः।

Om Sharvaya Namah.

जो दुखों और पापों का नाश करने वाले हैं।

The remover of sufferings.

हरिदश्व (Haridaśva)

ॐ हरिदश्वाय नमः।

Om Haridashvaya Namah.

जो पीले/सोने-रंगे घोड़ों पर आरूढ़ हैं।

The one riding golden-hued horses.

✹

शौरी (Śaurī)

ॐ शौरये नमः।

Om Shauraye Namah.

जो अतुलनीय वीरता वाले हैं।

The supremely valiant one.

✹

दशदिक्सम्प्रकाश (Daśadik-samprakāśa)

ॐ दशदिक्सम्प्रकाशाय नमः।

Om Dashadiksamprakashaya Namah.

जो दसों दिशाओं को प्रकाशमय करते हैं।

The illuminator of all directions.

✹

भक्तवश्य (Bhaktavaśya)

ॐ भक्तवश्याय नमः।

Om Bhaktavashyaya Namah.

जो अपने भक्तों के प्रेम से बंध जाते हैं।

The one who is won over by devotion.

✹

ओजस्कर (Ojas-kara)

ॐ ओजस्कराय नमः।

Om Ojaskaraya Namah.

जो बल, तेज और ऊर्जा प्रदान करते हैं।

The bestower of vigor and vitality.

✹

जयी (Jayī)

ॐ जयिने नमः।

Om Jayine Namah.

जो सदैव विजयी हैं।

The ever-triumphant one.

✹

जगदानन्दहेतु (Jagadānandahētu)

ॐ जगदानन्दहेतवे नमः।

Om Jagadanandahetave Namah.

जो सम्पूर्ण जगत के आनन्द का कारण हैं।

The source of bliss for the whole universe.

जन्ममृत्युजराव्याधिवर्जित (Janma-mṛtyu-jarā-vyādhi-varjita)

ॐ जन्ममृत्युजराव्याधिवर्जिताय नमः।

Om Janmamrityujaravyadhivarjitaya Namah.

जो जन्म, मृत्यु, वृद्धावस्था और रोगों से रहित हैं।

Free from birth, decay, disease, and death.

उच्चस्थानसमारूढरथस्थ (Ucchasthāna-samārūḍha-rathastha)

ॐ उच्चस्थानसमारूढरथस्थाय नमः।

Om Uchchasthanasamarudharathasthaya Namah.

जो ऊँचे आकाश में स्थित रथ पर आरूढ़ हैं।

Seated upon a lofty celestial chariot.

❋

असुरारि (Asurāri)

ॐ असुरारये नमः।

Om Asuraraye Namah.

जो असुरों के शत्रु और दुष्ट शक्तियों के विनाशक हैं।

The enemy of evil forces.

❋

कमनीयकर (Kamanīyakara)

ॐ कमनीयकराय नमः।

Om Kamaniyakaraya Namah.

जो सुन्दरता, सौम्यता और इच्छित फल प्रदान करते हैं।

The one who grants charm, grace, and desirable blessings.

❋

अब्जवल्लभ (Abjavallabha)

ॐ अब्जवल्लभाय नमः।

Om Abjavallabhaya Namah।

जो अब्जा (धन्वन्तरि) के अत्यन्त प्रिय हैं।

The one who is dearly loved by Dhanvantari.

✹

अन्तर्बहिः प्रकाश (Antarbahih-Prakasha)

ॐ अन्तर्बहिःप्रकाशाय नमः।

Om Antarbahihprakashaya Namah।

जो आंतरिक और बाहरी रूप से प्रकाशमान हैं।

The one who radiates light both within and without.

✹

अचिन्त्य (Achintya)

ॐ अचिन्त्याय नमः।

Om Achintyaya Namah।

जिनका स्वरूप मन की कल्पना से भी परे है।

The one whose true nature is beyond human comprehension.

✹

आत्मरूपी (Atmarupi)

ॐ आत्मरूपिणे नमः।

Om Atmarupine Namah।

जो स्वयं आत्मस्वरूप हैं।

The one who embodies the form of the Supreme Self.

अच्युत (Achyuta)

ॐ अच्युताय नमः।

Om Achyutaya Namah।

जिनकी शक्ति और स्वरूप कभी नष्ट नहीं होते।

The one who is eternal and unfailing.

अमरेश (Amaresh)

ॐ अमरेशाय नमः।

Om Amareshaya Namah।

जो अमर देवों के ईश्वर हैं।

The Lord of the immortal beings.

परं ज्योतिष् (Param Jyotish)

ॐ परस्मै ज्योतिषे नमः।

Om Parasmai Jyotishe Namah।

जो सर्वोच्च प्रकाशस्वरूप हैं।

The supreme source of divine radiance.

अहस्कर (Ahaskara)

ॐ अहस्कराय नमः।

Om Ahaskaraya Namah।

जो दिन का उदय कराने वाले हैं।

The bringer of daylight.

रवि (Ravi)

ॐ रवये नमः।

Om Ravaye Namah।

जो तेजस्वी एवं कांति से युक्त हैं।

The radiant and resplendent one.

हरि (Hari)

ॐ हरये नमः।

Om Haraye Namah।

जो समस्त प्रकृति और जगत का पालन करते हैं।

The sustainer of all creation.

परमात्मा (Paramatma)

ॐ परमात्मने नमः।

Om Paramatmane Namah।

जो सबके आत्मा में स्थित सर्वोच्च ईश्वर हैं।

The Supreme Self present within all beings.

तरुण (Taruna)

ॐ तरुणाय नमः।

Om Tarunaya Namah।

जो सदैव तरुण और ऊर्जावान हैं।

The ever-youthful and ever-vital One.

वरेण्य (Varenya)

ॐ वरेण्याय नमः।

Om Varenyaya Namah।

जो श्रेष्ठ और वंदनीय हैं।

The most excellent and worthy of adoration.

ग्रहाणाम्पति (Grahanampati)

ॐ ग्रहाणाम्पतये नमः।

Om Grahanampataye Namah।

जो समस्त ग्रहों के स्वामी हैं।

The Lord of all planetary bodies.

भास्कर (Bhaskara)

ॐ भास्कराय नमः।

Om Bhaskaraya Namah।

जो प्रकाश देने वाले हैं।

The giver of light.

आदिमध्यान्तरहित (Adi-Madhya-Antarahita)

ॐ आदिमध्यान्तरहिताय नमः।

Om Adimadhyantarahitaya Namah।

जिनका न आदि है, न मध्य, न अंत।

The one without beginning, middle, or end.

सौख्यप्रद (Saukhyaprada)

ॐ सौख्यप्रदाय नमः।

Om Saukhyapradaya Namah।

जो सुख और शांति प्रदान करने वाले हैं।

The giver of peace and happiness.

सकलजगताम्पति (Sakalajagatampati)

ॐ सकलजगताम्पतये नमः।

Om Sakalajagatampataye Namah।

जो सम्पूर्ण संसार के स्वामी हैं।

The Lord of the entire universe.

सूर्य (Surya)

ॐ सूर्याय नमः।

Om Suryaya Namah।

जो अत्यंत प्रकाशमान हैं।

The most radiant one.

कवि (Kavi)

ॐ कवये नमः।

Om Kavaye Namah।

जो महान बुद्धि और दूरदर्शिता वाले हैं।

The wise seer of all.

नारायण (Narayana)

ॐ नारायणाय नमः।

Om Narayanaya Namah।

जो सबके आश्रय और आधार हैं।

The refuge of all beings.

परेश (Paresh)

ॐ परेशाय नमः।

Om Pareshaya Namah।

जो परम श्रेष्ठ ईश्वर हैं।

The supreme and transcendent Lord.

तेजोरूप (Tejorupa)

ॐ तेजोरूपाय नमः।

Om Tejorupaya Namah।

जो तेजस्वरूप हैं।

The embodiment of pure radiance.

हिरण्यगर्भ (Hiranyagarbha)

ॐ हिरण्यगर्भाय नमः।

Om Hiranyagarbhaya Namah।

जिनकी आभा सोने समान है।

The one with golden effulgence.

सम्पत्कर (Sampatkara)

ॐ सम्पत्कराय नमः।

Om Sampatkaraya Namah।

जो समृद्धि और सफलता प्रदान करते हैं।

The bestower of wealth and fulfillment.

✹

इष्टार्थद (Ishtarthada)

ॐ इष्टार्थदाय नमः।

Om Ishtarthadaya Namah।

जो मनोवांछित फल देते हैं।

The fulfiller of cherished desires.

✹

सुप्रसन्न (Suprasanna)

ॐ सुप्रसन्नाय नमः।

Om Suprasannaya Namah।

जो सदैव प्रसन्न और अनुग्रहकारी हैं।

The ever-gracious and smiling one.

✹

श्रीमान् (Shriman)

ॐ श्रीमते नमः।

Om Shrimate Namah।

जो सदैव शुभ-लक्ष्मी से युक्त हैं।

The one adorned with auspicious glory.

❋

श्रेयस् (Shreyas)

ॐ श्रेयसे नमः।

Om Shreyase Namah।

जो श्रेष्ठ और कल्याणकारी हैं।

The embodiment of supreme goodness.

❋

सौख्यदायी (Saukhyadayi)

ॐ सौख्यदायिने नमः।

Om Saukhyadayine Namah।

जो आनंद और सुख प्रदान करते हैं।

The giver of bliss and comfort.

❋

दीप्तमूर्ति (Diptamurti)

ॐ दीप्तमूर्तये नमः।

Om Diptamurtaye Namah।

जिनका स्वरूप सदैव प्रकाशमान रहता है।

The one whose form is eternally radiant.

निखिलागमवेद्य (Nikhilagamavedya)

ॐ निखिलागमवेद्याय नमः।

Om Nikhilagamavedyaya Namah।

जो सभी शास्त्रों से ज्ञात और प्रमाणित हैं।

The one known through all sacred scriptures.

नित्यानन्द (Nityananda)

ॐ नित्यानन्दाय नमः।

Om Nityanandaya Namah।

जो सदैव आनन्द स्वरूप हैं।

The ever-blissful one.

आदित्य हृदय स्तोत्र
Aditya Hridaya Stotra

आज के समय में, जब मनुष्य तनाव, अनिश्चितता और जीवन की व्यस्तताओं से घिरा रहता है, आदित्य हृदय स्तोत्र एक स्थिरता और आंतरिक बल प्रदान करने वाले दिव्य साधन के रूप में उभर कर सामने आया है। यह प्राचीन स्तोत्र, जिसे महर्षि अगस्त्य ने युद्धक्षेत्र में श्रीराम को उपदेश के रूप में प्रदान किया था, साहस, स्पष्टता और अटूट संकल्प को जागृत करने वाला माना जाता है। सूर्य देव के तेज और प्राणशक्ति का आवाहन करते हुए यह स्तोत्र साधक के भीतर स्थित दिव्य प्रकाश को सक्रिय करता है, जिससे भय, भ्रम और मानसिक थकावट दूर होती है।

आधुनिक जीवन में महत्व

व्यावहारिक जीवन में कई साधक नौकरी में उन्नति, आर्थिक स्थिरता और व्यक्तिगत विकास के लिए इस स्तोत्र का नियमित जप करते हैं। इसके निरंतर अभ्यास से मन की एकाग्रता बढ़ती है, निर्णय लेने की क्षमता मजबूत होती है, और व्यक्ति के उद्देश्य स्पष्ट होते हैं। सूर्य ऊर्जा, नेतृत्व, रचनात्मकता और प्राणशक्ति का प्रतीक है; अतः यह स्तोत्र साधक में आत्मविश्वास, कार्यनिष्ठा और सफलता की ओर प्रेरणा उत्पन्न करता है। यही कारण है कि इसे विशेष रूप से छात्रों, पेशेवरों और प्रगति की राह पर अग्रसर लोगों के लिए अत्यंत लाभकारी माना गया है।

भावनात्मक स्तर पर, यह स्तोत्र मन में शांति, सकारात्मकता और संतुलन लाता है। इसके जप की स्थिर लय मानसिक अशांति को शांत करती है और चिंताओं तथा हताशा को कम करती है। जैसे सूर्य बादलों को चीरकर अपनी प्रकाश-किरणें फैलाता है, वैसे ही यह स्तोत्र साधक के हृदय में छिपी प्रकाशमान शक्ति को प्रकट करता है, जिससे व्यक्ति जीवन की चुनौतियों का सामना शांति और दृढ़ता से कर पाता है।

आध्यात्मिक दृष्टि से, आदित्य हृदय स्तोत्र दैवी चेतना और सृष्टि-क्रम से स्वयं को जोड़ने का एक श्रेष्ठ मार्ग है। यहाँ सूर्य केवल एक खगोलीय पिंड नहीं, बल्कि जीवन, समय और धर्म का आधार हैं। सूर्योपासना मन को शुद्ध करती है, विवेक और आंतरिक जागरण को बढ़ाती है, तथा सत्य और धर्म के मार्ग पर चलने की प्रेरणा देती है। यह स्तोत्र सूर्य देव द्वारा हमें निरंतर प्रदान किए जाने वाले प्रकाश, ऊर्जा और जीवन के प्रति कृतज्ञता का भाव भी सिखाता है।

अंततः, इसके नियमित जप से अप्रत्याशित शुभ परिणाम, इच्छाओं की पूर्ति और कार्यों में विजय प्राप्त होने की मान्यता है। चाहे साधक सांसारिक समृद्धि चाहता हो या आध्यात्मिक उन्नति—यह स्तोत्र उसे सही दिशा, स्पष्ट दृष्टि और स्थिर मन प्रदान करता है। सारतः, आदित्य हृदय स्तोत्र केवल एक प्रार्थना नहीं, बल्कि एक परिवर्तनकारी साधना है, जो शरीर, मन और आत्मा को संतुलित कर जीवन को प्रकाशमय बनाती है।

In the present age, where individuals often grapple with stress, uncertainty, and the pressures of daily life, the Aditya Hridaya Stotra has emerged as a revered spiritual practice offering stability and inner strength. This ancient hymn, originally imparted to Lord Rama on the battlefield by Sage Agastya, is believed to awaken courage, clarity, and unwavering resolve. By invoking the radiant energy of Surya, the stotra encourages practitioners to rise above obstacles, shedding fear, confusion, and emotional fatigue. Its recitation serves as a reminder of the divine light that resides within every individual, guiding them through life's challenges.

Stotra in Contemporary Life

From a practical standpoint, many people recite the Aditya Hridaya Stotra to seek career advancement, financial stability, and personal growth. The disciplined chanting is believed to enhance focus, strengthen decision-making abilities, and refine one's sense of purpose. As the Sun symbolizes vitality, creativity, and leadership, the stotra is thought to uplift the practitioner's mental energy, improve confidence, and support success in professional endeavors. This is why it is often recommended for students, entrepreneurs, and individuals striving for progress and recognition.

Emotionally, the stotra is known to bring peace, positivity, and emotional resilience. The steady rhythm of the mantra calms internal turbulence, reduces stress, and dissolves feelings of helplessness. It awakens a sense of inner radiance—like the Sun emerging through clouds—empowering individuals to face life with dignity and balance. Through consistent recitation, one may experience a gradual but deep transformation in their emotional outlook, leading to greater harmony in relationships and personal spaces.

Spiritually, the Aditya Hridaya Stotra is regarded as a means of aligning oneself with divine consciousness and cosmic order. Surya is not merely a celestial body but the manifest source of life, time, and dharma. Worshiping Surya through this hymn is believed to purify the mind, awaken spiritual awareness, and deepen one's connection to truth and righteousness. It also serves as a reminder of gratitude—recognizing the Sun as a constant giver of light, warmth, and sustenance.

Ultimately, the regular practice of this stotra is said to bring unexpected blessings, fulfillment of desires, and victory in endeavors. Whether one seeks material progress or spiritual elevation, the Aditya Hridaya Stotra acts as a guiding force, illuminating the path forward. In essence, it is more than a prayer—it is a transformative practice that harmonizes the body, mind, and soul, helping individuals succeed with clarity, serenity, and inner radiance.

विनियोग
(Invocation)

ॐ अस्य आदित्यहृदयस्तोत्रस्य अगस्त्यऋषिः अनुष्टुप् छन्दः,
आदित्यहृदयभूतो भगवान् ब्रह्मा देवता।
निरस्ताशेष-विघ्नतया, ब्रह्मविद्या-सिद्धौ, सर्वत्र जय-सिद्धौ
च विनियोगः।

इस आदित्य हृदय स्तोत्र के ऋषि महर्षि अगस्त्य हैं, छन्द अनुष्टुप् है, और देवता आदित्य (सूर्य) हैं। यह स्तोत्र समस्त विघ्नों के नाश, ब्रह्मविद्या की सिद्धि और हर क्षेत्र में विजय प्राप्ति के लिए किया जाता है।

Om asya Aditya Hridaya Stotrasya Agastya Rishih
Anushtup Chhandah, Aditya-Hridaya-Bhuto Bhagavan
Brahma Devata.
Nirasta-Asesha-Vighnataya, Brahmavidya-Siddhau,
Sarvatra Jaya-Siddhau cha Viniyogah.

The sage of this hymn is Agastya, the meter is Anushtup, and the deity invoked is the Sun as Brahma. This hymn is used to remove obstacles, achieve spiritual realization, and attain victory in all endeavors.

ऋष्यादि न्यास
(Rishyaadi Nyasa)

ॐ अगस्त्यऋषये नमः, शिरसि ।
अनुष्टुप्छन्दसे नमः, मुखे ।
आदित्यहृदयभूतब्रह्मदेवतायै नमः, हृदि ।
ॐ बीजाय नमः, गुह्ये ।
रश्मिमते शक्तये नमः, पादयोः ।
ॐ तत्सवितुरित्यादि गायत्री कीलकाय नमः, नाभौ ।

मैं सिर पर अगस्त्य ऋषि का, मुख पर अनुष्टुप् छन्द का, हृदय पर सूर्य देव का ध्यान स्थापित करता हूँ। गुप्त स्थानों में बीज का, पैरों में रश्मिमान शक्ति का, और नाभि में गायत्री मंत्र की कीलक शक्ति का ध्यान स्थापित करता हूँ।

Om Agastya Rishaye Namah (Head)
Anushtup Chhandase Namah (Mouth)
Aditya-Hridaya-Bhuta Brahma Devataye Namah (Heart)
Om Bijaya Namah (Secret area)
Rashmimate Shaktaye Namah (Feet)
Om Tatsavitur Gayatri Keelakaya Namah (Navel)

Paying reverence and installing the energy of the Rishi, the Meter, the Deity, the Seed sound, the Shakti, and the key-lock power of Gayatri within the body.

कर-न्यास

(Kara-Nyasa)

ॐ रश्मिमते अङ्गुष्ठाभ्यां नमः ।
ॐ समुद्यते तर्जनीभ्यां नमः ।
ॐ देवासुरनमस्कृताय मध्यमाभ्यां नमः ।
ॐ विवस्वते अनामिकाभ्यां नमः ।
ॐ भास्कराय कनिष्ठिकाभ्यां नमः ।
ॐ भुवनेश्वराय करतलकरपृष्ठाभ्यां नमः ।

अंगूठों, तर्जनी, मध्यमा, अनामिका, कनिष्ठिका और दोनों हाथों के ऊपर-नीचे सूर्य के विभिन्न दिव्य रूपों को स्थापित किया जाता है।

Om Rashmimate (Thumbs)
Om Samudyate (Index Fingers)
Om Devasura-Namaskritaya (Middle Fingers)
Om Vivasvate (Ring Fingers)
Om Bhaskaraya (Little Fingers)
Om Bhuvaneshvaraya (Front and back of hands)

Establishing the different divine powers of the Sun in all the fingers and hands.

हृदयादि अंग-न्यास
(Hridayadi Anga-Nyasa)

ॐ रश्मिमते हृदयाय नमः।
ॐ समुद्यते शिरसे स्वाहा।
ॐ देवासुरनमस्कृताय शिखायै वषट्।
ॐ विवस्वते कवचाय हुम्।
ॐ भास्कराय नेत्रत्रयाय वौषट्।
ॐ भुवनेश्वराय अस्त्राय फट्।

यह हृदय, सिर, शिखा, कवच, नेत्र और समग्र रक्षा में सूर्य-शक्ति का स्थापन है।

Om Rashmimate Hridayaya Namah (Heart)
Om Samudyate Shirase Swaha (Head)
Om Devasura-Namaskritaya Shikhayai Vashat (Crown)
Om Vivasvate Kavachaya Hum (Armor)
Om Bhaskaraya Netra-Trayaya Vaushat (Eyes)
Om Bhuvaneshvaraya Astraya Phat (Protection)

Establishing Sun's energy as heart strength, head brilliance, crown illumination, protective armor, eye radiance, and spiritual shield.

ध्यान और गायत्री मंत्र
(Meditation and Gayatri mantra)

ॐ भूर्भुवः स्वः तत्सवितुर्वरेण्यं भर्गो देवस्य धीमहि धियो यो नः प्रचोदयात्।

हम उस दिव्य सूर्य-स्वरूप सविता देव के सर्वोत्तम तेज का ध्यान करें, जो हमारी बुद्धि को प्रकाशित और प्रेरित करे।

Om Bhur Bhuvah Svah Tat Savitur Varenyam, Bhargo Devasya Dhimahi, Dhiyo Yo Nah Prachodayat.

We meditate on the divine Light of the Sun; may that Light inspire and guide our intellect.

आदित्य हृदय स्तोत्र पाठ
(Aditya Hridaya Stotrasya Paath)

ततो युद्धपरिश्रान्तं समरे चिन्तया स्थितम् ।
रावणं चाग्रतो दृष्ट्वा युद्धाय समुपस्थितम् ॥1॥

युद्ध में अत्यधिक थक चुके और मन में चिंता से घिरे हुए श्रीराम, अपने सामने युद्ध के लिए सज्ज रावण को देख खड़े थे।

Tato yuddhaparishraantam samare
chintaya sthitam ।
Ravanam Chagrato Drishtva Yuddhaay
Samupasthitam ॥1॥

Exhausted from battle and filled with concern, Rama stood facing Ravana, who had come prepared for combat.

दैवतैश्च समागम्य द्रष्टुमभ्यागतो रणम् ।
उपगम्याब्रवीद्राममगस्त्यो भगवांस्तदा ॥2॥

इसी समय देवता युद्ध देखने के लिए वहाँ आए, और उनके साथ महर्षि अगस्त्य भी प्रकट हुए। वे श्रीराम के निकट जाकर बोले।

Daivataischa samagamya drashtumbhayagato ranam ।
Upagamyabravid Ramamagastyo Bhagavanstada ॥2॥

The gods had gathered to witness the battle, and among them appeared Sage Agastya. Approaching Rama, he spoke.

राम राम महाबाहो शृणु गुह्यं सनातनम् ।
येन सर्वानरीन् वत्स समरे विजयिष्यसे ॥3॥

हे महाबाहु राम! एक प्राचीन और गूढ़ मंत्र को सुनो, जिसकी सहायता से तुम इस युद्ध में अपने सभी शत्रुओं पर विजय प्राप्त करोगे।

Raam Raam mahaabaaho shrnu guhyam sanaatanam ।
Yen sarvaanareen vats samare vijayishyase ॥3॥

O mighty-armed Rama! Listen to this ancient and secret teaching. By it, you shall conquer all enemies in battle.

आदित्यहृदयं पुण्यं सर्वशत्रुविनाशनम् ।
जयावहं जपं नित्यमक्षयं परमं शिवम् ॥4॥

यह 'आदित्य-हृदय' नामक पवित्र स्तोत्र है, जो सभी शत्रुओं को नष्ट करने वाला है। इसका नित्य जप विजय प्रदान करता है, और यह अक्षय तथा परम मंगलकारी है।

Aadityahridayam punyan sarva-shatru-vinaashanam ।
Jayaavaham japam nityamakshayam
paramam Shivam ॥4॥

This sacred hymn, Aditya Hridaya, destroys all enemies. Its daily recitation brings victory; it is eternal and supremely auspicious.

✹

रार्वगङ्गलमाङ्गल्यं सर्वपापप्रणाशनम् ।
चिन्ताशोकप्रशमनमायुर्वर्धनमुत्तमम् ॥5॥

यह स्तोत्र सभी मंगलों में श्रेष्ठ, सारे पापों को नष्ट करने वाला, चिंता और शोक को शांत करने वाला तथा आयु और स्वास्थ्य को बढ़ाने वाला है।

Sarvamangalamaangalyam sarvapaapapranaashanam I
Chintaashokaprashamanamaayurvardhanamuttamam II5II

This hymn is the highest among all auspicious things. It destroys all sins, removes grief and anxiety, and enhances life and vitality.

✹

रश्मिमन्तं समुद्यन्तं देवासुरनमस्कृतम् ।
पूजयस्व विवस्वन्तं भास्करं भुवनेश्वरम् ॥6॥

उस सूर्यदेव की उपासना करो, जिनकी किरणें चमकती हैं, जो उगते हैं, और जिन्हें देवता और असुर दोनों नमस्कार करते हैं— जो विवस्वान (प्रकाश के स्रोत), भास्कर (प्रकाशदाता) और भुवनों के स्वामी हैं।

Rashmimantam samudyantam
devasuranamskritam ।
Pujayasva Vivaswantam Bhaskaram
Bhuvaneshwaram ॥6॥

Worship the Sun, radiant with rays, who rises and is revered by gods and demons. He is Vivasvan, the giver of brilliance, the illuminator, and the Lord of all worlds.

✹

सर्वदेवात्मको ह्येष तेजस्वी रश्मिभावनः ।
एष देवासुरगणाँल्लोकान् पाति गभस्तिभिः ॥7॥

यह सूर्य देव समस्त देवताओं का आत्मस्वरूप हैं। उनकी किरणें केवल प्रकाश नहीं, ईश्वरीय शक्ति की धाराएँ हैं। इन्हीं दिव्य रश्मियों से वह देवताओं, असुरों और समस्त लोकों की रक्षा करते हैं। वे जगत् के पालनहार, रक्षक और चेतना के जागरणकर्ता हैं।

Sarvadevaatmako hyosha tejasvi
rashmibhavanah ।
Esha devasuraganallokan paati gabhastibhih ॥7॥

He is the indwelling soul of all the gods. His radiant rays protect and sustain beings across all realms. He is the guardian and nourisher of the universe.

✹

एष ब्रह्मा च विष्णुश्च शिवः स्कन्दः प्रजापतिः ।
महेन्द्रो धनदः कालो यमः सोमो ह्यपाम्पतिः ॥8॥

यह वही परम शक्ति है जो ब्रह्मा बनकर सृष्टि रचती है, विष्णु बनकर उसका पालन करती है, और शिव बनकर उसका संहार कर पुनः नूतन सृजन का मार्ग प्रशस्त करती है। यह स्कन्द की वीरता, इन्द्र की देवाधिपत्य शक्ति, यम की व्यवस्था, और सोम की शीतल, शांत, सौम्य करुणा—सबका स्रोत है। सूर्य ही विभिन्न रूपों में स्वयं को व्यक्त करता है।

Es Brahma cha Vishnuscha Shivah Skandah Prajapatih ।
Mahendrao dhanadah Kalo Yamaha somo
hyapam patih ॥8॥

He manifests as Brahma, Vishnu, and Shiva— as creation, preservation, and transformation. He embodies courage, order, abundance, and peace. All divine powers arise from Him.

पितरो वसवः साध्या अश्विनौ मरुतो मनुः ।
वायुर्वह्निः प्रजाः प्राण ऋतुकर्ता प्रभाकरः ॥9॥

यह सूर्य ही पितरों का आधार है, वसुओं का तेज है, साध्यों का पवित्र भाव है, अश्विनियों का आरोग्य है। यही वायु के रूप में जीवन में गति लाता है, अग्नि के रूप में ऊष्मा देता है, ऋतुओं के द्वारा प्रकृति में लय-तंत्र स्थापित करता है। सूर्य ही प्राण है, जीवन का स्रोत है, जगत् का प्रकाशक है।

Pitaro Vasavaḥ Sādhyā Aśvinau Maruto Manuḥ ।
Vāyur-vahniḥ prajāḥ prāṇa ṛtu-kartā prabhākaraḥ ॥9॥

He supports the ancestors, empowers celestial beings, heals as the Ashwini twins, moves as air, warms as fire, sustains seasons and life. He is the very essence of prana and the illuminator of existence.

✺

आदित्यः सविता सूर्यः खगः पूषा गभस्तिमान् ।
सुवर्णसदृशो भानुर्हिरण्यरेता दिवाकरः ॥10॥

वह आदित्य है—दिव्यता का पुत्र। वह सविता है—जीवन को प्रेरित करने वाला। वह सूर्य है—अंधकार का अंत करने वाला। वह खग है—आकाश में विचरने वाला। वह पूषा है—जीवन का पोषण करने वाला। वह स्वर्ण जैसे प्रकाश से चमकता भानु है। हिरण्यरेता—जगत् में ऊष्मा और ऊर्जा का बीज बोने वाला। दिवाकर—दिन को जन्म देने वाला।

Adityah Savita Suryah Khagah Poosha Gabhastiman ।
Suvarnasadarsho Bhanurhiranyreta Divakarah ॥10॥

He is Aditya—the son of divine light. He is Savita—the inspirer of life. He is Surya—the dispeller of darkness. He nurtures, sustains, and illuminates all worlds with golden, life-giving radiance.

✺

हरिदश्वः सहस्रार्चिः सप्तसप्तिर्मरीचिमान् ।
तिमिरोन्मथनः शम्भुस्त्वष्टा मार्तण्डकोऽंशुमान् ॥11॥

सूर्य देव के रथ के घोड़े हरी वर्ण के हैं और उनकी किरणें सहस्रों प्रकाश-स्तंभों की तरह फैलती हैं। वे सात रूपों में सप्त-घोड़ों द्वारा गति प्राप्त करते हैं, और अनेक किरणों के स्वामी हैं। अंधकार को मिटाने वाले, कल्याण स्वरूप, और सृष्टि को सुन्दर रूप देने वाले हैं। वे मार्तण्ड हैं—जिनसे समस्त प्राणियों की जीवन ऊर्जा प्रवाहित होती है, और अंशुमान हैं—जिनकी किरणें सभी जीवों को जीवन का आधार देती हैं।

Haridashvah Sahasrarchih Saptsaptrimarichiman ।
Timironmathanah Shambhustvasta
Martandakoashuman ॥11॥

He rides on radiant steeds, emits countless rays, destroys darkness, nurtures all creation, and spreads life-giving light throughout existence.

हिरण्यगर्भः शिशिरस्तपनः भास्करो रविः ।
अग्निगर्भोऽदितेः पुत्रः शङ्खः शिशिरनाशनः ॥12॥

वे स्वर्ण-तेज से भरे ब्रह्मांड के बीज—हिरण्यगर्भ हैं। शीतलता और ऊष्मा दोनों के स्रोत, भास्कर—जगत् को प्रकाशित करने वाले, रवि—सबमें गति और चेतना जगाने वाले हैं। वे अग्नि और प्रकाश के जन्मस्थान, अदिति के दिव्य पुत्र, और जाड़े की जड़ता को दूर कर जीवन में ऊष्मा और नई स्फूर्ति भरने वाले हैं।

Hiranyagarbhah shisirastapanoahaskaro ravih ।
Agnigarbhoaditeh Putrah Shankh Shishirnashanh ॥12॥

He is the golden cosmic seed, the source of warmth and coolness, the bringer of light, energy, and life. He dissolves stagnation and awakens vitality.

✹

व्योमनाथस्तमोभेदी ऋग्यजुःसामपारगः ।
घनवृष्टिरपां मित्रो विन्ध्यवीथीप्लवंगमः ॥13॥

वे आकाश के स्वामी हैं, अज्ञान के अंधकार को भेदकर ज्ञान का प्रकाश देने वाले हैं। ऋग्वेद, यजुर्वेद और सामवेद—सभी वेदों का सार उनके तेज में समाहित है। वे बादलों में जल भरते हैं, धरती पर वर्षा कर जीवन का पोषण करते हैं। वे मित्र हैं—मंगलकारी, सब जीवों में प्रेम और संतुलन रखने वाले। और वे विन्ध्य पर्वतों के ऊपर से भी सहजता से संचरण करते हैं— अर्थात् कोई भी सीमा उनके प्रकाश को रोक नहीं सकती।

Vyomanathastmobhedi rigyajuh
samaparagah ।
Ghanvrishtirapam mitro
Vindhyaveethiplavangamah ॥13॥

He is Lord of the sky, dispeller of ignorance, the essence of the Vedas, the bringer of rain and harmony, whose light transcends all boundaries.

✹

आतपी मण्डली मृत्युः पिङ्गलः सर्वतापनः ।
कविर्विश्वो महातेजा रक्ता सर्वभवोद्भवः ॥14॥

वे आतपी हैं—अपनी ऊष्मा से जीवन को शक्ति देने वाले। मण्डली—जगमगाते प्रकाश के विशाल मण्डल वाले। मृत्यु—पुराने स्वरूप का अंत कर नए जीवन के लिए मार्ग खोलने वाले। वे पिङ्गल—स्वर्ण-तेजस्वी हैं, और सर्वतापन—सभी जगत को ऊर्जा देने वाले। वे कवि हैं—जिनकी प्रकृति सृजन की अद्भुत कला है। वे विश्व हैं—समग्र सृष्टि में व्यापित। उनका तेज अपरिमित है—और उन्हीं से सभी जीवन-रूप उत्पन्न हुए हैं।

Aatapi mandali mrityuh pingalah sarvataapanah ।
Kavirvisvo Mahateja Raktaah Sarvabhavodbhavah ॥14॥

He shines with immense radiance, dissolves the old for renewal, creates, nourishes, and sustains all worlds. All life arises from Him.

✹

नक्षत्रग्रहताराणामधिपो विश्वभावनः ।
तेजसामपि तेजस्वी द्वादशात्मन् नमोऽस्तुते ॥15॥

आप समस्त नक्षत्रों, ग्रहों और तारों के अधिपति हैं, सृष्टि को निरंतर चलाने वाले और उसके छिपे क्रम को धारण करने वाले हैं। आप समस्त तेज में भी सर्वोच्च तेजस्वी हैं। हे द्वादश रूपों वाले सूर्यदेव, आपको नमन।

Nakshatragrahataranamadhipo Vishwabhavanah ।
Tejasampi Tejasvi Dwadashatman Namoastute ॥15॥

You are the Lord of stars, planets, and constellations, the sustainer of the universe and the keeper of cosmic order. Even among all radiance, yours is the supreme brilliance. O Sun of twelvefold form, I bow to you.

❋

नमः पूर्वाय गिरये पश्चिमायाद्रये नमः ।
ज्योतिर्गणानां पतये दिनाधिपतये नमः ॥16॥

पूर्व दिशा के पर्वतों से उदित होने वाले और पश्चिम पर्वतों की ओर अस्त होने वाले प्रभु को नमस्कार। प्रकाश समूहों के स्वामी, दिन के अधिपति, हे सूर्यदेव, आपका बार-बार वंदन।

Namah purvaya giraye paschimayadraye namah ।
Jyotirgananaam Pataye Dinadhipataye Namah ॥16॥

Salutations to the One who rises from the eastern peaks and sets beyond the western mountains. Lord of all light, ruler of the day, O Sun God, I bow to you again and again.

❋

जयाय जयभद्राय हर्यश्वाय नमो नमः ।
नमो नमः सहस्रांशो आदित्याय नमो नमः ॥17॥

विजय देने वाले, कल्याण स्वरूप, हरित अश्वों के रथ पर आरूढ़ सूर्य को नमन। सहस्र किरणों से जगत को आलोकित करने वाले, हे आदित्यदेव, आपको बारम्बार प्रणाम।

Jayaaya Jayabhadraya Haryashvaya
Namo Namah ।
Namo Namah Sahasransho Aadityaaya
Namo Namah ॥17॥

Salutations to the giver of victory and auspiciousness, rider of the radiant green steeds. O thousand-rayed illuminator of the world, O Aditya, I offer repeated reverence to You.

नम उग्राय वीराय सारङ्गाय नमो नमः ।
नमः पद्मप्रबोधाय प्रचण्डाय नमोऽस्तुते ॥18॥

हे उग्र तेज वाले, अदम्य वीरता से युक्त, सारंगधारी और जगत को संचालित करने वाले प्रभु को प्रणाम। कमल को खिलाने वाले, जीवन में जागृति जगाने वाले, हे प्रचण्ड सूर्यदेव, आपका वंदन है।

Nama Ugraya Veeraya Sarangaya Namo Namah ।
Namah padmaprabodhaya prachandaya namostute ॥18॥

O One of fierce radiance and boundless valor, bearer of cosmic power, I bow to You. You awaken the lotus and stir life to bloom— O mighty Sun God, I offer my reverence to You.

ब्रह्मेशानाच्युतेशाय सूरायादित्यवर्चसे ।
भास्वते सर्वभक्षाय रौद्राय वपुषे नमः ॥19॥

हे ब्रह्मा, शिव और विष्णु के भी अधिष्ठाता; अदिति-पुत्र सूर्य, अनंत ज्योति से प्रकाशित प्रभु को प्रणाम। जगत में सर्वत्र व्याप्त, अनन्त ऊर्जाशील, रौद्र और दैदीप्यमान रूप वाले सूर्यदेव को नमस्कार।

Brahmeshanachyutesaya Surayadityavarchase ।
Bhasvate Sarvabhakshaya Raudraya
Vapushe Namah ॥19॥

Salutations to the One who is the source of Brahma, Shiva, and Vishnu; to Surya, the radiant son of Aditi. To the all-pervading, all-energizing One, whose form shines with fierce brilliance—I bow to You.

तमोघ्नाय हिमघ्नाय शत्रुघ्नायामितात्मने ।
कृतघ्नघ्नाय देवाय ज्योतिषां पतये नमः ॥20॥

Tamoghnaya Himaghnaya Shatrughnaayamitatmaney ।
Kritghnaghnaya Devaya Jyotisham Pataye Namah ॥20॥

हे अंधकार का नाश करने वाले, शीत का हरण करने वाले, शत्रुओं का संहार करने वाले, असीम आत्मस्वरूप प्रभु को प्रणाम। कृतघ्नता और अज्ञान का नाश करने वाले, ज्योतिष और प्रकाश के स्वामी, सूर्यदेव को नमस्कार।

O Destroyer of darkness, disperser of cold, vanquisher of

enemies and embodiment of infinite self, I bow to You. O remover of ingratitude and ignorance, Lord of all light and illumination—salutations to You.

✵

तप्तचामीकराभाय हरये विश्वकर्मणे ।
नमस्तमोऽभिनिघ्नाय रुचये लोकसाक्षिणे ॥21॥

तप्त सोने के समान दिव्य आभा वाले प्रभु, जगत की रचना-धारा को संचालित करने वाले विश्वकर्मा स्वरूप सूर्य को नमस्कार। जो अंधकार का पूर्ण नाश करते हैं, और समस्त जगत के साक्षी रूप में स्थित हैं—उन्हें वंदन।

Taptachamikarabhaya harye
Vishwakarmane ।
Namastamoabhinighnaya ruchaye
lokasakshine ॥21॥

To the One shining like molten gold, the cosmic architect who sustains the world's design—I bow to You. O destroyer of darkness, the eternal witness of all existence—salutations to You.

✵

नाशयत्येष वै भूतं तमेष सृजति प्रभुः ।
पायत्येष तपत्येष वर्षत्येष गभस्तिभिः ॥22॥

Nashayatyesh vai bhootam tamesha srijati Prabhu ।
Paayatyesh Taptyesh Varshatyesh Gabhastibhih ॥22॥

यही प्रभु सभी प्राणियों का नाश करता है और उन्हीं को पुनः सृजन भी करता है। यही पालन करते हैं, ताप देते हैं, और अपनी किरणों से वर्षा को प्रेरित करते हैं। हे सूर्यदेव, आप ही सृष्टि के नाश, सृजन, पोषण और गति के कारण हैं।

This Lord dissolves all beings and again brings them forth into creation. He nourishes, warms, and generates the rains with His rays. O Sun, You alone are the cause of dissolution, creation, sustenance, and motion in the universe.

एष सुप्तेषु जागर्ति भूतेषु परिनिष्ठितः ।
एष चैवाग्निहोत्रं च फलं चैवाग्निहोत्रिणाम् ॥23॥

जब सभी प्राणी निद्रा में होते हैं, तब भी यही सूर्य सदैव जाग्रत रहता है। यह सूर्य ही यज्ञ है और यज्ञ करने वालों का फल भी वही है। सृष्टि के चक्र में निरंतर स्थिर और सजग, सूर्य ही कर्म, कर्ता और कर्मफल—तीनों का आधार है।

Esh Supteshu Jaagriti Bhuteshu Parinishitah ।
Esh chaivagnihotram cha phalam
chaivagnihotrinam ॥23॥

When all beings sleep, the Sun remains ever-awake. He is the sacrifice itself and also the fruit of the sacrifice. He is constant and watchful in the cycle of creation— the foundation of action, the doer, and the result of action.

✹

देवाश्च क्रतवश्चैव क्रतूनां फलमेव च।
यानि कृत्यानि लोकेषु सर्वेषु परमप्रभुः ॥२४॥

देवता, यज्ञ और यज्ञों के फल—सबका स्रोत यही सूर्य है। दुनिया में किए जाने वाले सभी श्रेष्ठ कार्यों का मूल प्रेरक और परम नियंता भी यही प्रभु हैं।

Devashcha kratavashchaiva kratunam phalamev ch ।
Yaani krityaani lokeshu sarveshu paramaprabhuh ॥24॥

He is the source of the gods, the sacrifices, and the fruits of the sacrifices. In all worlds, for all sacred actions performed, He alone is the supreme guiding power.

✹

एनमापत्सु कृच्छ्रेषु कान्तारेषु भयेषु च ।
कीर्तयन् पुरुषः कश्चिन्नावसीदति राघव ॥25॥

हे रघुनंदन, जो व्यक्ति संकटों, कठिन परिस्थितियों, जंगलों में भटकते समय या भय के क्षणों में इस आदित्य-हृदय का स्मरण करता है— वह कभी निराश या पराजित नहीं होता।

Enmapatsu Krichchhreshu Kaantaareshu Bhayeshu Ch ।
Kirtayan Purush Kashchinnavasidati Raghav ॥25॥

O Raghava, one who remembers and chants this hymn in times of suffering, hardship, danger, or fear never falls into despair nor is defeated.

✺

पूजयस्वैनमेकाग्रो देवदेवं जगत्पतिम् ।
एतत्त्रिगुणितं जस्वा युद्धेषु विजयिष्यसि ॥26॥

एकाग्रचित्त होकर इस देवों के देव और जगत के स्वामी सूर्य की उपासना करो। इस स्तोत्र का तीन बार जप करने पर तुम युद्धों में अवश्य विजयी होओगे।

PujayaswainMekagro Devdevam Jagatpatim ।
Etattrigunitam japtva yuddheshhu vijayishyasi ॥26॥

Worship this Lord of gods and ruler of the universe with a fully focused mind. By chanting this hymn three times, you shall assuredly attain victory in battle.

✺

अस्मिन् क्षणे महाबाहो रावणं त्वं जहिष्यसि ।
एवमुक्त्वा ततोऽगस्त्यो जगाम स यथागतम् ॥२७॥

हे महाबाहो राम, इसी क्षण तुम रावण को पराजित करोगे। ऐसा कहकर महर्षि अगस्त्य अपने मार्ग से वापस चले गए।

Asmin kshane mahabaho ravanam tvam jahishyasi ।
Evamuktva tatoagastyo jagaam sa yathagatam ॥27॥

O mighty-armed Rama, in this very moment you shall conquer Ravana. Saying thus, Sage Agastya departed the way he had come.

✹

एतच्छ्रुत्वा महातेजा नष्टशोकोऽभवत् तदा ।
धारयामास सुप्रीतो राघवः प्रयतात्मवान् ॥२८॥

यह उपदेश सुनकर महान तेज वाले श्रीराम के मन का समस्त शोक दूर हो गया। वे अत्यंत प्रसन्न हुए और आत्मसंयम तथा दृढ़ संकल्प के साथ आदित्य-हृदय स्तोत्र का भावपूर्वक धारण करने लगे।

Etachchhrutva Mahateja nashtashokoabhavat tadaa ।
Dharayamaasa Supreeto Raghavah Prayatatmavan ॥28॥

Hearing these sacred words, the radiant Rama became free from sorrow. Filled with joy and inner steadiness, he embraced the Aditya Hridayam with devotion and self-discipline.

✹

आदित्यं प्रेक्ष्य जस्वेदं परं हर्षमवाप्तवान् ।
त्रिराचम्य शुचिर्भूत्वा धनुरादाय वीर्यवान् ॥२९॥

सूर्यदेव की ओर देखते हुए इस स्तोत्र का जप करके श्रीराम अत्यन्त हर्ष से भर उठे। उन्होंने तीन बार आचमन कर शुद्ध होकर धनुष धारण किया और पराक्रम से ओतप्रोत हो उठे।

Adityam Prekshaya Japtvedam Param
Harshamavaptavan ।
Trirachamya Shuchirbhutva Dhanuradaaya
Virayavan ॥29॥

Gazing upon the Sun and chanting this hymn, Rama felt supreme joy. Purifying himself with the ritual of sipping water thrice, he lifted his bow, invigorated with heroic strength.

रावणं प्रेक्ष्य हृष्टात्मा जयार्थं समुपागमत् ।
सर्वयत्नेन महता वृतस्तस्य वधेऽभवत् ॥30॥

रावण को दृष्टि में लेकर, हर्ष और आत्मबल से भरे श्रीराम विजय प्राप्त करने हेतु आगे बढ़े। उन्होंने रावण के वध के लिए सम्पूर्ण धैर्य, शक्ति और प्रयास जुटा लिए।

Ravanam prakshya hristatma jayartham samupagamat ।
Sarvayatnen mahata vratastasya vadheabhavat ॥30॥

With Ravana before him, Rama, filled with joy and inner resolve, advanced for victory. He gathered all his strength, courage, and effort for the demon's defeat.

अथ रविरवदन्निरीक्ष्य रामं मुदितमनाः परमं प्रहृष्यमाणः ।

निशिचरपतिसंक्षयं विदित्वा सुरगणमध्यगतो वचस्त्वरेति ॥31॥

तब सूर्यदेव, देवताओं के बीच स्थित होकर, श्रीराम की ओर प्रसन्नतापूर्वक दृष्टि डालते हुए बोले— "अब शीघ्रता करो!" क्योंकि वे जान चुके थे कि रावण का अंत निकट है।

Atha raviravadannirikshya ramam muditmanah
paramam prahrishyamanah ।
Nishicharapatisankshayam viditva
suraganamadhyagato vachastvareti ॥31॥

Then the Sun, standing among the hosts of gods, looked upon Rama with great joy and declared: "Proceed swiftly!" For he knew the destruction of the lord of demons was near.

सूर्य देव आरती
Aarti Surya Dev

जय कश्यप-नन्दन, ॐ जय अदिति नन्दन।
त्रिभुवन-तिमिर-निकन्दन, भक्त-हृदय-चन्दन॥

Jai Kashyap-nandan, Om Jai Aditi-nandan।
Tribhuvan-timir-nikandan, bhakt-hriday-chandan॥

हे कश्यप और अदिति के पुत्र सूर्यदेव, आपको प्रणाम। आप तीनों लोकों का अंधकार मिटाकर भक्तों के हृदय को चंदन समान शीतल करते हैं।

Hail, O son of Sage Kashyapa, hail O son of Aditi. You dispel the darkness of all three worlds and soothe the hearts of devotees like sandalwood.

सप्त-अश्वरथ राजित, एक-चक्रधारी।
दुःखहारी, सुखकारी, मानस-मल-हारी॥

Sapt-ashwa-rath rajit, ek chakra-dhari।
Dukh-haari, sukh-kaari, manas-mal-haari॥

आपके रथ को सात घोड़े खींचते हैं और उसमें एक तेजस्वी चक्र है। आप दुःख को हरते हैं, सुख देते हैं और मन का मैल मिटाते हैं।

Your divine chariot is drawn by seven horses and adorned with a single radiant wheel. You remove sorrow, grant happiness, and cleanse the mind of impurities.

सुर-मुनि-भूसुर वन्दित, विमल विभवशाली।
अघ-दल-दलन दिवाकर, दिव्य किरण माली॥

Sur-muni-bhusur vandit, vimal vibhav-shaali।
Agh-dal-dalan divakar, divya kiran-maali॥

देव, ऋषि और श्रेष्ठ जन आपकी वन्दना करते हैं, आप परम पवित्र और तेजस्वी हैं। दिवाकर, आप पापों का नाश कर दिव्य प्रकाश फैलाते हैं।

Worshipped by gods, sages, and noble beings, You are pure and radiant. O Sun God, You destroy sins and illuminate all with your divine rays.

सकल-सुकर्म-प्रसविता, सविता शुभकारी।
विश्व-विलोचन मोचन, भव-बन्धन भारी॥

Sakal sukarma prasavita, Savita shubh-kaari।
Vishwa-vilochan mochan, bhav-bandhan bhaari॥

आप सभी शुभ कर्मों के प्रेरक हैं और कल्याण प्रदान करते हैं। आप ज्ञान का द्वार खोलते हैं और संसार के बंधनों से मुक्ति देते हैं।

You are the source of all virtuous actions and bring auspiciousness. You open the eye of wisdom and free souls from the heavy bondage of worldly existence.

कमल-समूह विकासक, नाशक त्रय तापा।
सेवत साहज हरत अति मनसिज-संतापा॥

Kamal-samuh vikasak, nashak traya taapa।
Sevat saahaj harat ati manasij-santaapa॥

आप कमल खिलाते हैं और तीन प्रकार के दुखों का नाश करते हैं। आपकी भक्ति से मन के सभी संताप स्वयं ही समाप्त हो जाते हैं।

You make the lotus bloom and destroy the threefold sufferings. Those who worship You are relieved of mental afflictions with ease.

नेत्र-व्याधि हर सुरवर, भू-पीड़ा हारी।
वृष्टि विमोचन संतत, परहित व्रतधारी॥

Netra-vyadhi har suravar, bhu-peeda-haari।
Vrishti vimochan santat, parhit vratdhaari॥

आप नेत्ररोग दूर करते हैं और पृथ्वी के कष्टों को शांत करते हैं। आप वर्षा करवाते हैं और सदा लोक हित में कार्य करते हैं।

You cure eye diseases and relieve earthly suffering. You release the rains and are eternally devoted to the welfare of all beings.

✹

सूर्यदेव करुणाकर, अब करुणा कीजै।
हर अज्ञान-मोह सब, तत्त्वज्ञान दीजै॥

Suryadev karunakar, ab karuna keejai।
Har ajnaana-moh sab, tattvajnaan deejai॥

हे कृपालु सूर्यदेव, अब हम पर करुणा करें। हमारा अज्ञान और मोह दूर करें और हमें सत्य का ज्ञान दें।

O compassionate Sun God, shower your grace. Remove ignorance and delusion, and grant the knowledge of the ultimate truth.

✹

जय कश्यप-नन्दन, ॐ जय अदिति नन्दन।
त्रिभुवन-तिमिर-निकन्दन, भक्त-हृदय-चन्दन॥

Jai Kashyap-nandan, Om Jai Aditi-nandan।
Tribhuvan-timir-nikandan, bhakt-hriday-chandan॥

हे कश्यप और अदिति के पुत्र सूर्यदेव, आपको प्रणाम। आप तीनों लोकों का अंधकार मिटाकर भक्तों के हृदय को चंदन समान शीतल करते हैं।

Hail, O son of Sage Kashyapa, hail O son of Aditi. You dispel the darkness of all three worlds and soothe the hearts of devotees like sandalwood.